大
方
sight

天使望故乡+

邱兵 王帅 —— 编

100个中国人的梦境

中信出版集团｜北京

图书在版编目（CIP）数据

100个中国人的梦境 / 邱兵，王帅编 . -- 北京：中信出版社，2025.8. --（天使望故乡+）. -- ISBN 978-7-5217-7907-3

I. I267.1

中国国家版本馆CIP数据核字第2025HQ3893号

100个中国人的梦境
（天使望故乡+　）
编者：　邱兵　王帅
出版发行：中信出版集团股份有限公司
　　　　（北京市朝阳区东三环北路27号嘉铭中心　邮编　100020）
承印者：　北京瑞禾彩色印刷有限公司

开本：880mm×1230mm　1/32　　印张：10.25　　字数：170千字
版次：2025年8月第1版　　　　　　印次：2025年8月第1次印刷
书号：ISBN 978-7-5217-7907-3
定价：58.00元

版权所有·侵权必究
如有印刷、装订问题，本公司负责调换。
服务热线：400-600-8099
投稿邮箱：author@citicpub.com

卷首语

坠落与生长

好多年前，我一直做一个梦，事实上，每个人都做这个梦，如果你一定要说你没有做过这个梦，那你可能是一个杠精。

这个梦大约是说，我在一个高处，山顶，屋顶，天空，等等。

突然，我从高处坠落，主动跳下，被动掉下，一失足，等等。

惊慌失措，风从耳畔掠过，脚下深不见底。

噔的一下，梦醒了。

医生说，这是骨骼在生长。

"原来，"青春期的我想，"生长在梦中是以坠落的姿势。"

遗憾的是，我的这个梦过早停止了，在卧室门后的刻度尚

邱兵

未触及一米七〇的时候。具体差多少，买这本书寻找答案吧。

最可怕的是，骨骼停止生长之后，坠落的姿态并未完全结束，某一个周期，半梦半醒之间，一切都在坠落，生活、事业、亲情。

没有援手，无可攀附，绝望的风声在耳边掠过。

辗转难眠的夜晚，我期待噔的那一声，哦，这是一次成长。

是不是每个人都有类似的姿势，无法量化与总结。

在哲学意义上，个体、人群、社会、历史，都会有坠落的周期，当然，江河终会汇入大海，草地总会在春天的某个早晨绿意盎然。

这是新的生长。

目录

卷首语

II 坠落与生长

特别呈现

002 沈阿姨 一米八·何 王胖子 汤晓勇 星海程

011 命运的刀锋

热烈的，沉默

064 终人快跑　廖泽萌　阿杜
　　 网约车司机张师傅
　　 姜婉茹　呆二

072　胡泳：梦是什么

078　毛尖：白素贞肉搏霍元甲

084　何袜皮：坏的美梦与好的噩梦

088　张维：请你也自私一点

092　张倩烨：从昨日世界醒来

097　许昌美：许多、许总和老许

102　陈碧、赵宏、罗翔、李红勃：如果·爱

106　倪闽景：万物何以收藏

110　李泓冰：买到一个好梦

荒凉的，挚爱

118 黑龙江大庆的 30 多岁家庭主妇

　　陈梦扬　楚小静　陈菱怡

　　网友 momo　刘洋

　　———

124 杜强：河边少年

127 Alessandro Ceschi：我可能从来没有原谅她

132 张明扬：梦里依稀做题家

136 西坡：年轻的朋友

140 章文立：在水里

145 汤禹成：地震恋人

150 陈年喜：梦非梦

154 罗镇昊：焦虑的梦

158 沈书枝：袜子与轮椅

161 吉井忍：春风沉醉的晚上

164 沈颢：我该偷走他的梦吗

奇幻的，平常

170 绿头鸭阿呆　汀繁

　　　马瑜霞　郭雄波

———

178 王帅：摩擦

182 言之凿：桃花流水马里奥

186 景阳冈：御犬平辽

190 傅踢踢：夫人之命

194 简玮骏：眼睛里的光

198 渠成：野梦飞舞

202 洪流：梦里不知身是客

206 王海：龙猫站的应许之约

210 朱学东：一生三世

遥远的，眼下

216 巴根　丁青　江帆

　　 爆爆　姜晨阳

———

221　阿罗：忘川之上

225　胡卉：祝你光明

229　费多：再飞一会

233　王左中右：Remaking

236　王恺：噩梦留人

240　谢方伟：到达与脱身

244　唐克扬：一个梦与很多梦

251　蒯乐昊：定制梦境的人

255　邵卿：入梦与出梦

259　苏山：生命的纠正

263　钱佳楠：爱的改写

267　李舒：一生在八人间

273　张二棍：多梦者说

无法忘记的，将来

280 叶雯　夏梓漫　白马
　　 王学堂　网友"在租房的阿怪"
　　 企业的管理者　陈杨

　　　———

290　王占黑：世界上我最愿意相信的两件事

294　卫毅：五颜六色的光

298　张乐天：情之所系

302　二湘：梦之所托

305　陆静：再见，陆医生

308　周麗：就像穿堂风

特别
呈现

<u>沈阿姨</u>，四川人，61岁，护工。

我的工作就是护工，照顾老人，夜班。晚上照顾老人比较辛苦，觉也睡不好，白天补，但是收入高些。

我做护工做了几十年了，从来没得啥子失业的担心，我们农村人，吃得起苦，只要你肯做，稍微学习一下护理知识，不嫌脏不嫌累，工作是供不应求的。

但是我不肯周末加班，我不要加班工资，三倍也不要。

因为我要谈恋爱，他大我两岁，对我很好，他身上没得老人味，有一股香味，嘿，安逸，我斗是喜欢他这点。

哪个说的60岁就不能恋爱，我这辈子结两回婚离两回婚，从来不晓得啥子是爱情，我要是就恁个死了，我不是白活了。

我织的毛衣？嗯，我喜欢织毛衣，晚上睡觉前老人在卧室看电视，我就在客厅织毛衣，这件毛衣是灰色和白色搭配的，格子的。

有一回，我做了个梦，我和他去逛公园，公园里有那种透明玻璃的桥，我不敢走，他突然背起我，一路跑过了桥。

我醒了，记得梦里面，他穿的是灰白色的毛衣，我趴在他的背上，很香很踏实。

这是不是爱情嘛？

我觉得就是。

一米八·何，投资人，现居纽约。

我的工作地点，在华尔街，我的职业，就是帮客户搞钱。偶尔，当然，自己也要搞一搞。我的人生目标，是搞很多的钱，越多越好。

你说对了，我有时候就是会梦到一些行情，然后我甚至会照着梦里的走势去操作，有两回竟然分毫不差。

是不是有神的指引？

2月的时候，英伟达财报前，我做了一个梦，业绩大超预期，大胆买入。

这是梦吗？半梦半醒吧，差不多就是我的判断而已。

财报真的超预期，不过，到现在，结果是跌了好多好多，哈哈，糟糕的是，我也买了好多好多，姑且就叫"重仓"吧。

原来，梦和现实差距还是蛮大的，踩对一回，休养三年，踩错一次，多干十年。

但是，我倒并不慌，因为我还做过一个梦，那可是一个大梦。那到底是不是梦？可能只是信念而已。

我梦到，人工智能的浪潮正在席卷而来，这是新的革命，与我的股票有关，与我们的命运有关，搞不好，也和我的饭碗有关。

这是大势，而且势不可挡。

王胖子，51岁，网约车司机，现居上海。

我这辈子做过很多梦。

干过很多职业。

但是都没有坚持下来，有些是我的原因，有些是别人的原因，有些是社会的原因。

我唯一坚持下来的一件事：抽烟。

如果你不投诉我的话，我一定改正。

汤晓勇，39岁，建筑设计，创业者。

这本书不能涉黄涉暴吧？我这个梦可能涉暴，你们自己判断。

我梦到走在马路上，有一块铁皮从飞驶的什么车上飞过来，注意，是飞过来，0.001秒，然后，把我的后脑切掉了一大半。再说一遍，如果这个梦涉暴，你们不要用，也莫要给老子找麻烦。

切掉半个脑袋之后，我就趴在马路上，血流了满地。但是我没死，我呼救，但是发不出声音，而且，没有人理我，我看到好多腿，行色匆匆。更重要的还有一件事，我在找我的半个脑袋，它不能丢，丢了就不能手术缝合了，但是我找不到，四处都没有，真他妈让人绝望。

然后我很痛,在梦里都能感觉到的那种痛,你知道牙神经完全暴露后,冷风吹在上面的那种痛吗?再加个两三倍吧。

我说这个梦不是为了吓唬你们的读者,我是要说,创业很苦、很糟心,有时候亲人朋友对我说,汤老师你太不容易了,每天睡不了几个小时,企业又做得半死不活,看上去要死了,死又死而不僵,这样最累。

每当这时,我就想到那个可怕的、暴力的梦。我对每个好心人说:

和有些事比起来,累个屁!

星海程，30 岁，灵活就业者。

就是说，我实际上是没有工作的。

但是好在我没有小孩，也没有老婆，父母不需要我照顾，自己还有个小房子住。

所以，至少，我不用每天背着个包，坐地铁装着去上班。

梦？我当然做梦啦，我每天都睡到自然醒，能不做梦吗？

智能手表有个睡眠监测功能，你知道我的数据吗？很绝望，一直都只有六七十分，下面还有一行字：超过了百分之二十几的用户。意思就是，比百分之七十几的用户都差。

我想，用这玩意儿监测睡眠的人，睡眠质量肯定都不咋的，我在这帮不咋的的家伙中，还处于下游位置，而且我还不上班，不养家。

你说，我是不是废柴中的废柴？

我想，可能是因为我睡眠质量不好，所以我记不住我做的梦，一个也记不住，在两个平行世界里，我的脑子里都是一片空白。

我吃过褪黑素，吃过艾司唑仑，吃过思诺思，最后，都没有用。

我害怕躺下，也害怕醒来。

你要知道我的真实想法吗？

因为，我害怕这样的人生，就像江边烧烤之后奄奄一息的火苗。

我不知道是不是有人真的喜欢躺平，我肯定不是。我才30岁，这样躺一辈子，活过和没活过有什么区别。

对不起，让你们的读者失望了。

印度教圣典《迦托奥义书》中有一句话:

"一把刀的锋刃很不容易越过。

因此智者说得救之道是困难的。"

我读到这个话的时候,只有22岁,背得滚瓜烂熟,

但又不知所云,直到30年后。

命运的刀锋

一

2025年
邱兵与储晓红
的长谈

陈玺安（1998—2013）是一个普通、平凡、不平凡、非凡的上海女孩。2012年6月，她被确诊脑癌，经过17个月的战斗与救赎之后，她在15岁的花季年华去世。

从小，我们都喜欢叫她的小名：茵茵。

茵茵的妈妈叫储晓红，父亲叫陈忠铭。我们是多年的朋友。

我看着茵茵长大，她开始在上海的思南路上幼儿园，小学5年级去了卢湾区第一中心小学，初中在上海市世界外国语中学念书。眨眼间，茵茵长成了德智体美360度没有缺陷的女孩儿，学习和体育都很优异，而且美极了。

茵茵的长相应该是遗传了妈妈。茵茵爸爸是我的好友，认识30年了。他自己做企业，有时做得好，有时做得不好，谁知道呢？不过从他嘴里说出来的，全是好，特别是喝了几杯之后，股票账户每天都是大赚，巴菲特气得都要给他发微信，讨教手上的3 000亿美元到底咋个办。

茵茵妈妈决定全职照顾茵茵之前，在一家德国企业上班。一九九〇年代，她的收入已经很高了。那个时候，外企很少，这份工作很让人羡慕。不过，做了16年后，她还是辞去了这份工作。德国老板的业务是把中国的不锈钢产品卖到欧洲去。储晓红的工作，主要是压低国内供应商的价格，越低越好。用她的话说，老板最希望：白菜的价格，爱马仕的质量。

回忆起来，那时才20多岁的她，一直问自己，这事儿总有哪里不对，似乎也没找到答案。最后她决定不做了。

20年后回忆起来，我说，这老板跟特朗普差不多。路径不一样，德性差不多。

茵茵的叔叔一家在美国纽约生活了很多年。2012年的某一天，茵茵说，想去美国念书，睁眼看世界。妈妈同意了，爸爸有些舍不得。

那天又到茵茵家去吃饭。说是吃饭，每次都要和茵茵爸爸喝两杯。喝着喝着，就会有点多。我说茵茵滑冰滑得这么好，有一天邱叔叔会到纽约来看你表演冰上芭蕾，我会把你的照片放在我办的国际媒体头版上。

茵茵说："又吹牛。交给你一个任务，你监督我爸，少喝酒，多运动。"

茵茵妈妈笑着说："茵茵，妈妈这辈子最欣赏两个男人，一个是你爸，一个是邱叔叔，你就让他们去吧。"

十多年后，茵茵的爸爸妈妈到我在波士顿的家中小住，晚上我和茵茵爸爸把家里的酒差不多都喝完了，但是一个字都没有提到茵茵。她是我们心中的一个秘密。

窗外飘着鹅毛大雪，白雪覆盖了平原、山川、街道，奇怪的是，小松鼠却不肯冬眠，它在园子里寻找食物，跳过雪白的草地，来到落地窗前，瞪着好奇的双眼看着我们。

2012年茵茵去美国之前，时不时告诉妈妈头疼、腰疼。妈妈带她拍了脑CT，做了腰部X光，检查结果正常，怀疑会不会是运动的关系。

到美国3个月后，有一天茵茵告诉妈妈，回家的路上，她走着走着突然摔了一跤，没有绊到任何东西。大约就在那一天，茵茵告诉妈妈一个更奇怪的事，她明明看到妈妈的手碰到她的腰,但是她没有任何感觉。

储晓红觉得要重视了,当即带着女儿去了医院的急诊。急诊要求立刻做核磁共振。你知道,常规情况下,美国人预约做核磁共振,做完至少是半年以后的事了。

核磁共振结果出来后,医生温和地告诉储晓红:"我们有一辆车会立刻带你和女儿去另外一个地方。"

晓红说:"去哪儿?"

"ICU。"

也是在2012年,我在故乡重庆参加一个活动,住在解放碑的洲际酒店。夜里茵茵爸爸给我发了一条信息:"我在机场,要立即去美国,茵茵得了很严重的病。"

茵茵的爸爸是比较松弛的一个人。他说"很严重",天就要塌了。

那个年代,酒店房间老有人塞小卡片进来,让我们去一些声色场所玩,我在看手机信息的时候,门下窸窸窣窣的声音,打开门,高中生年纪的男生。

我把卡片扔在他胸口:"有手有脚的,干点啥不好,滚!"

小男生吓得飞一般从消防通道跑了。

14岁的女孩茵茵得了脑癌,而且是最严重的胶质瘤,治愈

2011年8月，茵茵在新疆

的希望只有 1%。这 1% 是一种安慰，是储晓红夫妇在接下来 17 个月的抗争与煎熬中星星点点的希望。

确诊的那一天，储晓红没有哭，只是不知所措。老公来到了身边，夫妻俩都不知所措。

多年以后，我们终于有勇气面对这件事的时候，我仍然有一个问题从未问出口，那就是，他们俩的痛我能感知一二，但是，一个 14 岁的女孩在被告知所有真相之后，如何去面对近在咫尺的死亡？我无从感知。

但是我知道最终的结果。一家三口勇敢、坚强、有尊严地面对了一切。

有些美好消失了，但是没有被打败。

2025年初夏季节，我们有过一次长谈。关于生命，关于遗忘，关于轮回，以及什么东西支撑着夫妇俩完成自我救赎的艰难历程。

答案是：善意。

一家三口在面对毁灭性的灾难、孤立无援的时候，陌生人来到了他们身边。老师、医务社工、志愿者，成为他们坚强的后盾。

有一天下午，美术老师的一位朋友也来医院探视。她走进病房，直接坐在了地上，用温暖的手握着储晓红的脚心，前后15分钟，一句话都没说。

储晓红说，此时无声胜有声。一开始她觉得非常别扭。她和陌生人通常不会有身体接触，更不用说其他种族的人。但是，那双手很温暖，而双脚的温暖会导引到全身。十多年后，她告诉我，你知道那些善意的重要性吗？如果没有那些温暖，也许我在茵茵之前就倒下了。

治疗后期，茵茵住在家里，每周去医院一到两次。卧室在二楼，每次去医院，爸爸妈妈要把茵茵背下楼，送到车上，回来再背上去。由于大量使用激素,那时候茵茵的体重已经接近成人了。晓红和忠铭抱上抱下,很辛苦。有一回,茵茵在爸妈抱着她上下楼时,突然冒出一句话:"你们就想象自己抱着沉甸甸的幸福!"

储晓红忘不了茵茵的话。

有一天累到不行,晓红觉得腰快断了,她对忠铭说,这样下去不行。我们不能倒下。我们倒下了,茵茵怎么办?

他们试着再次向志愿者求助。很快,志愿者联系了当地的消防队,对方毫不犹豫地答应了提供帮助,让他们每次要出门和回家时提前一点打电话。他们会等在门口,随时待命。

再一次去医院的时候,消防队的车已经停在门外,几个壮汉下了车,用专业设备把茵茵抬上了车。这些素昧平生的人,日复一日,一直帮助他们,直到茵茵离开。

晓红在和我回忆这些细节的时候,有些担心地问我:"别人会不会觉得我净说美国人好?"

我说:"没事,我的节目是做给正常人看的。"

她说:"你那么喜欢茵茵,就不应该这么刻薄。"

美国有个叫"愿望成真"的慈善机构,专门为终末期重症患儿免费提供一种特别的帮助，帮他们实现最想实现的心愿。有的孩子想成为蝙蝠侠，结果一个镇子的人都装扮起来，让他成为蝙蝠侠，成为那一天整个世界的主角。

曾经有志愿者问茵茵，她想要什么，茵茵回答说，想要一只小狗。

那天在回家的路上，他们专门去宠物店看了小狗。茵茵一眼就看中了一只小约克夏，实在是太可爱了。不过储晓红一看价格：2 000美元。她说，这怎么好意思，不如我们改天自己来买吧。茵茵和爸爸都表示同意。

第二天志愿者又问起愿望的事。晓红吞吞吐吐半天，终于讲出了约克夏小狗的事，但表示太贵了，很不好意思，或者可以和孩子商量一个其他的愿望。对方说，必须得是这个，这就是孩子想要的。

某一天的清晨，一个大日子，门铃响了，门口停了一辆加长林肯，是来接茵茵一家三口的，还要带茵茵去一个神秘的地方。生命中头一回坐在加长林肯车里，茵茵非常兴奋。当然，目的地有更让她兴奋的东西。

是的，一个小生命。一只全世界最可爱的约克夏。

我们在 2025 年的初春聊起这些往事。晓红让我不要写那些心痛的画面，多写一些美好，还有那些善意。她说，努力了 17 个月之后，茵茵离开了。走得很平静，她和茵茵的爸爸也很平静。某种意义上，茵茵也解脱了。

我问了她一个问题，你做过什么难忘的梦吗？

她说：为什么问这个？

我说，我们在收集一堆的梦，有些很有意思，仿佛许多个平行时空。

她说她好像很少做梦。茵茵还在的时候，在美国，有时候会想念上海，有过两个碎片式的梦。

有一个梦，她梦到父亲的追悼会，晓红的父亲是一个德高望重的人，培养过许多优秀的干部领导。他去世的时候，晓红只有 23 岁，懵懵懂懂，甚至都不理解，为什么追悼会来了 1 000 多人，除了市领导，还有好多保安大叔，普通市民，都在追悼会上痛哭。她自己甚至都没有哭。她不明白为什么人们那么怀念他的父亲。等了解了父亲的点点滴滴之后，她哭了整整一年。她在纽约的梦，是在哭泣中醒来的。

另外一个梦，梦见她仍然在德国公司工作，中国的企业反复和她说，价格再低我们就没有钱挣了，你也可怜可怜我们这些工人吧。她非常为难,不知道如何是好,忧心忡忡。醒来的时候,眉头紧锁,唉声叹气……

储晓红说:"你知道这些梦对于我意味着什么吗?"

"意味着什么?"

储晓红说:"意味着我一直在想,我到底应该做一个什么样的人。"

她说:"不如我直接告诉你结果吧。"

茵茵走后,在回上海的飞机上,茵茵爸爸说,他要给茵茵买一块最好的墓地,多少钱都行。他想茵茵的时候,就去那里和她说说话。

储晓红说,与其花这么多钱去买一块墓地,不如用它去帮助更多的人,就像帮助过我们的那些人一样。这才是茵茵想要的。

茵茵爸爸说:"你想好了?"

储晓红说:"我早就想好了!"

爸爸说:"好。"

以茵茵(陈玺安)名字命名的公益组织,从 2015 年开始帮助重症患儿。10 年间,志愿者从服务上海一家医院重症病房里的 10 多个白血病孩子和家庭,到覆盖包括上海在内的全国 19

座城市的50家儿童医院，每年为5 600个重症病孩家庭送去了温暖和帮助。

储晓红不愿意让我写那些夸她的话。但一说到那些孩子父母感动的表情，又显得很满足。

然后，忍不住，突然又会长叹一口气。

我说："干吗呢？"

她说："十年了，我也老了。我就怕这件事做不下去。"

我说："你做善事，尽心尽力就够了。做不下去就休息。我们都不是什么圣人，不要这样为难自己。"

她说："你知道个啥？我一定要做下去。"

她说："这样，茵茵就没有离开。"

不知道从哪一天开始，帮助别人这件事成了储晓红的执念。在她的规划中，家里只要开销够用就行了，但是，帮助他人这件事，却必须一直坚持下去，直到生命的尽头，直到她和茵茵重聚。

也是在这个春天，我回想起来，有几次，我还去参加过饭局，总之就是有些企业家也想做慈善，储晓红他们又特别需要帮助，于是就去见见面。饭桌上，有时也要喝点酒。

企业家们总是很认真地问，你们具体怎么运作啊？机构是什么性质啊？然后非常认真地听取汇报。

再然后，企业家就开始喝酒。高谈阔论，越扯越远，把这桌子上唯一的那点儿善意抛到九霄云外。

我就坐在旁边，喝了几杯，看着这个光怪陆离的世界在我眼前掠过，每一次我都想站起来，自罚一壶，头也不回地离开。

事实上我一次都没有。

"你那么爱茵茵，就不要这么刻薄。"

是的。

茵茵，在这个春天的夜晚，我难以入眠。我一直没有告诉你爸爸妈妈，他们在我家小住的时候，我做过一个美梦。我梦到你们家三口和我们家三口一起去玩，你带着妹妹滑冰，绕着冰场，像两只翩翩起舞的蝴蝶。我们四个人一直在喊："茵茵，早早，你们慢一点，我们头都晕了。"回答我们的，只有银铃般的笑声。

晓红和忠铭的老爷车在我家突然电瓶没电了，最后是两个妈妈用两根电线完成了充电，两个爸爸站在旁边，急死了，但啥忙都没帮上。似乎，一切还是那样，妈妈总是最坚强的那个，而爸爸只负责呐喊助威。

亲爱的茵茵，在你离去的东部，积雪正在融化，草地露出了绿色，尽管那些痛还在心里，但是你的爸爸妈妈已经驾着车出发了。那辆雷克萨斯老爷车，在加满油充满电之后，像焕发活力的年轻人，呼啸着驶入灿烂的阳光，你的爸爸妈妈带着你的梦就这么出发了，毫不懈怠、永不后悔。

我向自己发誓，等春天完全勃发，大地重新苏醒，我也要这样踏上征途。

茵茵画笔下的妈妈

生病后的自画像

二

2013年
茵茵致班主任
傅老师的信

茨威格在《三大师传》中表达了他对巴尔扎克、狄更斯、陀思妥耶夫斯基的看法。其中，对狄更斯的评价最令人难忘：

> 人们都很清楚，狄更斯是不会让人跌倒的，还知道，主人公是不会遭遇灭顶之灾的。在这位英国作家的世界里舒展白翅飞翔天空的两位天使——同情和正义——会把主人公毫发无损地带过岩石裂缝和深渊。

似乎，确实如此。无论是大卫·科波菲尔还是奥立佛·退斯特，都适用于狄更斯的"好人幸免于难"法则。茨威格说：

狄更斯缺乏残忍，缺乏走向真正悲剧的勇气。他没有英雄气概，而只是多愁善感。悲剧是进行抗拒的意志，多愁善感是对眼泪的渴望。

储晓红保存着2013年5月茵茵写的一封信。正在重病治疗期间，这封长信花去了14岁的茵茵5天时间。收信人是她在上海读中学时的班主任傅老师。但这封信不只是写给傅老师的，也是写给每一个她认识和不认识的人，是她留给这个世界的情书。

5个月后，茵茵离开了这个世界。

哈，亲爱的傅老师，这应该会是一封很长的信。记录下这特别的一年！

先来说说我在还没查出癌症前的症状吧。其实从去广州办美国移民签证的那段日子，我已经觉得自己有些不太正常了，走路走不了直线，而是歪歪扭扭的S形，头痛腰痛，有时很认真地看某样东西会突然犯晕，眼前冒蓝星，跳拉丁舞使不出劲儿。妈妈带我去医院看过，貌似还拍过一张脑CT，可啥也没查出来。我自己也不把这当一回事。

来到美国后，我的腰更加疼了，从刚开始跑步不能跑，到后来走走路就要摔跤，家人一直都觉得是我坐姿不对，要我多在床上躺躺，保暖，可是都不管用。那时腰部以下部分的知觉也慢慢没了，这才有了我的大日子，2012年6月3号。

那天早晨，妈妈在摸我的腰时，我啥都感觉不到。妈妈马上带我去婶婶所在医院的急诊，拍了MRI核磁共振。医生说的确在片子里看到了些东西，但不知道是什么，于是一辆救护车把我送进了我现在接受治疗的地方，Westchester Medical Center（威彻斯特医学中心大学医院）。我住在一家非常好的医院，并且离家不远。在救护车上，我和妈妈两人还特兴奋：哇，第一次来美国医院就上这种车啊，太拉轰（拉风）了吧！我直接进到了医院的重症监护室，隔壁房间的小孩子都是一副奄奄一息的样子，就我特清醒，像是来打打酱油的。从那天开始，我的手上就一直插了很多针管，直到医生为我做了一个手术，埋了一根管子到我的胸腔，这样输液和抽血就方便多了，不用用针扎我，我也不痛。哈，第一次做手术，我倒是不紧张，反正我睡我的大觉。后来医生又为我做了一个活检手术，将我的癌细胞提出来一点拿去进行化验，确认到底是哪种瘤。因为我的这个癌细胞很难分辨，它们还把样品寄到了田纳西州（号称世界一流）的儿童医院做检验，最后结果出来，我的癌症叫作GBM，属于脑癌，不过肿瘤出现的位置和形式，到现在医生还没找到过这种案例。医生说一般GBM都是一大团白色的东西集中在脑子里，而我的是粉末状，并且原发部位在腰部，他们从没碰见过。也真是幸运，脑中这些粉末状的东西基本没啥重量，所以没有很直接地压迫其他神经。

我入院那天，正好碰到了这里最有经验的女医生Dr. Tugal值班。她是个和蔼可亲的老太太，我的第一个主治医生。（医生们是以团队合作的，还有神经科医生、放疗科医生等，Tugal在里面像是团队的总指挥。）让我特欣慰的是这里医院的环境，还有医生和护士。我所在的儿童医院，装修得有点像个小城堡，里面还有好多展览的地方，像小博物馆。房间都是单人间，配大厕所，打扫得也很干净，有电视，床还是气垫床，想坐起来和平躺都好调节。如果要叫护士的话按一下铃就可以了。房间外可以看到停直升机的场地。大片绿化。这里的医生都特别好，特别热情，让我觉得很温暖。在医院总能看见他们拖着个大箱子冲来冲去的身影。帮我做活检手术的医生，有时晚上11点了，他帮病人开好刀，手术服还没来得及换掉，就急匆匆跑上楼来先看我一眼。这里的护士也很负责，很nice，有时她们看我一个人很伤心无聊，会来劝我安慰我，与我开开玩笑。我来到美国，总希望给人留下好印象，见到所有人一般都是一张微笑的脸，很礼貌地对他们，所以他们也对我特别好。慢慢地，微笑成了我不自觉的习惯，我的标志，几乎每个来我房间的人都说记住了我的smiley face（笑容）。

医院里还会有慈善组织来，我住院的时候，有一个叫Mikey's Way Foundation的组织来过，这位名叫Mikey的哥哥已经不在人世了，他考上哈佛，可是生了很罕见的胃癌。他在住院期间备感孤独，于是觉得应该让病房里的小孩与外界沟通，了解了解病房外的世界，所以他希望送电子产品给病房里的小朋友。他的心愿由他的家人们帮他继续完成。推来的车上有Ipad、Iphone、Itouch、小手提电脑、三星Galaxy手机、平板电脑，可以从中选一个。我有点懵，看着这些机器，给大大地震惊了一下，那是我来美国后第一次真正地被触动到。他们了解到我以后想做服装设计师，就开始为我提各种各样的建议，向我推荐好的设计学校，一个个认真地写给妈妈。那天我感受到一颗善心的温暖，而我的善心也从那天开始，生根发芽。

当时他们为我打激素，所以我的胃口特别特别好，一会儿一个羊角面包，一会儿一个蝴蝶酥的，这脸肥得急死人，完全就是俩屁股夹着一鼻子。有时在病床上，看着自己的大肚子，轻轻摸摸，安慰自己，想象自己怀孕了……住院期间还遇到一个好棘手的问题，那就是便秘……有那么连续六天，啊嗷，nothing comes out（啥都拉不出来）。当然医生又用大力神药，让本姑娘在一天里面与便便幽会六次。

第一轮治疗的化疗药很厉害，我每次做的时候（两周化疗一次），总是又吐又泻，肚子一阵一阵特别特别痛，那是一种令人窒息的感觉，感觉你身体里的五脏六腑要爆开了，这是我唯一出现过自杀念头的时候……真想一刀刺死自己，怎么可以那么难受的……随着治疗次数的增多，副作用也开始增大了。首先是头发，刚开始只是零零散散地掉几根，后来是稍微一碰就掉下一大把。我索性让老妈做乡村理发师，在院子里把我剃成了小光头。剪的时候我并没有伤心难过，我知道这是我必须去经历的，所以不怕。妈剃完还担心我一下子接受不了，她不知道实际上我已经在手机屏幕里看见新的自己了。对于一个资深的爱美小姐，激素让我变胖我坦然接受了，可是让我光着头见人……这不科学！刚开始我还戴假发，叔叔他们来的时候，我会不顾命一瘸一拐冲进厨房（当时已经基本走不了路了），老妈过来大叫:"你不要命啦!?"叫完以后她那双愤怒的眼睛又一下子平静下来,她知道我心里的感觉。慢慢地,假发就被我淘汰掉了,太麻烦,大夏天头上箍这么个东西,真是脑子坏掉了……于是我与心中在意了不知道多少年的漂亮形象分道扬镳!不管以什么样的形象出现,我就是我,美丽的我,不一样的烟火。

接着,问题变成了吃东西。我原来的超大胃口都是因为打激素造成的,如今激素不打了,我的胃开始罢工。看见菜只觉得胃难受,味道吃到嘴巴里也总是不对,怪怪的。有时稍微嚼久了,好不容易吃下去的东西就会全部反上来。那段时间,我的体重如同中国那不给力的股市般瞬间下滑。由于不能正常进食,我一点精力也没有,成天迷迷糊糊躺在沙发上睡觉休息。化疗其实就是像用一个重磅炸弹去杀蚊子,我的身体又不能吸收应有的营养……现在想来这应该是我生病期间身体状况最差和最不开心的日子。天天跟逃债似的不想吃饭。又累又昏。实在撑不下去了,发烧了,再次住院时,医生为我插了鼻管,这样就可以从管子输送营养液到我的胃里,至少能保证基本的营养。这是最好的办法,唯一的办法。我每次面对新事物都不怕,怀着一颗探索的心,所以第一次插鼻管时我很乖的,不哭不闹,护士一下子就把管子成功插进胃里了。可这管子是得按时换的，而且我一而再再而三地把它吐出来……于是医院总是上演插鼻管惊魂。有时这管子插不进胃，从嘴巴出来；有时在喉咙里绕了个结。（抽出来的时候都把我鼻孔弄大了！）基本上每次插都要出鼻血……插鼻管又变成我最最害怕的事情，一听到就哆嗦，哭哭啼啼的。不过多弄几次，也就有经验了，窍门就是人坐直，头往下低，管子碰到喉咙内壁时开始做咽口水的动作。哈，这方法屡试不爽。基本一次性成功。我天天都会出鼻血，因为化疗药同样杀死了我的白细胞，我没有抵抗能力，那段时间不可以去人多的地方，干啥都要小心翼翼，就怕细菌进入身体。有几个月，由于我的白细胞指标太低，医生为了让化疗正常进行，为我配了升白针。刚开始我以为也是从我身上的管子里打进去，一点不痛的，谁知护士Geni亮出一包东西，里面都是一根根针啊，每两周有一周要天天打。好冤啊！我最讨厌这种扎针的痛了……于是我的妈妈又变成了家庭小护士，她把液体推得好慢好慢，就怕我痛。

去年生日，无比奇葩，却终生难忘。飓风Sandy就是那天晚上来袭的，不知是不是闻讯来帮我过生日……晚上一下子断电了，我在黑灯瞎火中吹蜡烛。令我激动的是我还收到同学们从中国发来的12点生日祝福，真是幸福感爆棚，感谢傅爸哈，我是真的老感动的，虽然看不见你们，不过心里却感受得到你们给我送来的美好。生病以后所有人都在关心着我，竭尽全力地让我开心。很多同学的家长在微博和微信上关注我的情况，为我打气，像Sophia妈妈，基本上我的每条微博她都要评论一下。Cindy和Angela还来看我，见到他们，我瞬间变话痨，把几个星期的话全部搬出来说掉。爸爸电视台的朋友还请我去纽约城里看中国达人秀和声动亚洲的巡演，那是我生病以后第一次的小旅行（住宾馆的两晚睡得可真香啊），而且从那次开始，我发现渐渐能吃点东西了。

圣诞节到了，Rose告诉我们有个机构叫Make A Wish（愿望成真慈善基金会），它们帮助生重病的小孩完成心愿。愿望可以是旅游，装修自己的房间，去见明星……甚至还可以见总统……我想要一只小狗来陪我，哈，就是那只"Boss"，后来由于妈妈实在忙不过来还是送掉了。来的两名志愿者都特别开朗，她们非常认真地记录下我的每个小要求，并时不时发短信来关心我。把Boss送来的那天，她们还多给了2000多元的支票，说不希望我们因为觉得有了一只小狗而有经济压力。天哪，一切都是这么为我们着想。那么暖心。

这第一轮的化疗也进行了大半年了，肿瘤控制是控制得挺好，问题是，收缩捏？收缩捏？咱该给它个落幕了。我的第二个主治医生 Dr. Jubinsky 隆重登场！噔噔噔噔！这医生看上去简直是混混的气质，头发乱糟糟，胡碴不剃干净，说话随随便便，初次见面时感觉怪怪的。在我第一轮化疗不知何去何从的时候，正巧他带着自己的大胖助理 Mocher 来到了我们的医院，像是上天已为我们铺好了路一样。见过几次面以后才知道，他是耶鲁大学的教授，而且跟踪我这种 GBM 的病已经跟踪了五年了。我现在用的化疗药就是他自己研究自己配的，比第一轮治疗的副作用小得多，唯一需要担心的是血小板降低的问题。这轮的化疗其实概念靠近中医，保守疗法，在尽量不伤害其他细胞的基础上做化疗，也许治疗的时间会挺长的，但是我可以带瘤生存，像正常人一样生活。大家听到这个方案都觉得很满意，靠谱。有一个病人和我患同样的 GBM，他的肿瘤已经重重地压迫到了神经，Mocher 说第一次见到他时都觉得这孩子一定活不下来。这孩子的家庭一路跟着 Dr. Jubinsky，从耶鲁到这里，医生自己研制的药，8 个月的治疗，他已经好了不知道多少了。我们听到这个都特别激动，说明治愈我有很大的希望。治疗方案敲定，保险公司不买账啊。在美国都是买医疗保险的，上班族每个月交点钱，生什么病保险公司付钱。医生的这些药巨贵（如果保险公司要付的话，他们每个月起码得付两万美元以上）。加上这药是医生自己研究出来的，还没有足够的案例来表示治疗会成功，保险公司拒付。有一个月时间我没有进行任何的化疗，Rose和医生们与保险公司大战。哦，你不知道Rose这个老太太身上惊人的爆发力，跟保险公司打电话的时候给气疯了，各种粗口。打完电话还不解气，竖中指……Rose说他们这样做不是只为了我一个小孩，如果保险公司这样推卸责任，那这种事情会越来越多，会有更多的小孩无法被医治。她还打电话给州议员，让他们一起帮忙……牛×。后来他们想到了一个很棒的方法，直接问药厂拿药。我的治疗已经拖了1个月，不能再等了。还好药厂愿意给我们一年免费的用药，医生们就用这一年来和保险公司fight（斗争），时间足够。

因为这1个月，我脑中和背上的肿瘤稍微有一点增大，住院进行了几天的放疗以后，有明显的恢复，腰也不痛了，腿也抬得起来了。唯独令人难受的是，我的腿仍旧一直在自己抽搐，这个问题大半年来是无时无刻不缠着我，我的脚只有在睡着时和刚醒来时不抽筋，医生对此束手无策。不过这几天脚抽筋也比原来轻一些，我觉得一切都在一点点好起来。最近医生给配了少量的激素，我的胃口……好大啊……没几天就重了3磅，鼻管也不用了，哇咔咔……而且有个超级会烧饭的大胖子蜀黍（叔叔）来，他曾经在瑞士学过一年的厨艺，当时还在学校教中国菜反赚了学校的钱……这几天他把我喂饱了，并教会了妈妈做好多菜。

偶尔我也会有一些小忧郁，肚子里有一包委屈想要倾诉，可是却不知道该说些什么。让妈妈陪我聊聊天总让我感觉好点。比如讲想你们了，羡慕大家出去旅游了，怀念上海的商场了（上海的港汇、美罗城、来福士。美国商场里的服装店都实在太难看，那个 Abercrombie & Fitch，我现在最讨厌的牌子！一点设计感都没有，纯粹就是舒服罢了，还有那个 Claire's 的首饰店，里面东西的配色怎么可以那么乡气的，我还是喜欢来福士底下的 Accessorize，可惜这儿木有［没有］，还有我喜欢的日系森女风、法国的浪漫风，在这里一点影子都找不到，我因为关注设计和画画，这些都让我好沮丧）。拉丁舞我也学了5年了，有时在老师家练舞的时候已经能完全沉醉其中。前段时间的《舞林争霸》看得我心潮澎湃啊，怎么可以这么美这么美的，忍不住自己也跟着脖子扭扭屁股扭扭。我的情绪从来都是来得快去得快，稍微掉几滴眼泪，几分钟以后我就忘了，又想其他的去了。而且我发现自己其实超级表里不一，内心越激动表面上越淡定冷静。

我记得得病后第一次哭是因为英国学校的事。来到美国以后的生活和在中国的生活是天壤之别，我并不习惯这里的慢生活，我也不喜欢回家啥事都没有的感觉。而且我和这里的学生完全没有共同语言，他们发来的短信完全在闲聊瞎扯浪费时间，一点意思都没有。我想到了与哥哥妹妹一样前往英国学习。我知道我一个人在那里上这种贵族学校要面对很多，他们培养的是简朴的贵族精神而不是享受奢侈生活。并且出来后的学生以后都会穿梭在世界一流名校，我也想通过自己现在对学习的热情，努力到那个程度。我知道其实爸爸心里很希望我能进普林斯顿这种大学。我一提出这件事情，大家就开始操作了，叔叔马上帮忙联系学校，学校连参观的邀请都发来了。怎么样都要进这校门，我内心是很坚定的。我把我所有的梦想、所有的激情以及对未来的期待都寄托在了这件事情上面，当我知道我要错过这个机会的时候，我只感觉自己被击垮了……未来……怎么办？这条路……怎么走？我上次写给小妹妹的那封信你也看过，我相信你一定感受得出我那时文笔下所隐藏的热情。大家都劝我说身体最重要，没了健康的身体，啥都做不成，可我就是放不下，放不下。那种想要紧抓但是发现自己握空的感觉，好难受。我尽量不让自己去想这些事情，心情些许好点。时间过去得久了，我也就再次学会放下啦。我们小镇专门为我请了两位老师来家里为我授课。数学老师 Mr. William 还有英语老师 Elise（她还负责教我科学和美国历史）。Elise 70 多岁了，当了很多年的老师，对中国很感兴趣，她经常跟我讨论中国的新闻，鼓励我表达自己的想法。每次上完课，她都对我妈表扬我，说我是她执教这么多年遇到的最特别的学生之一。不过我们跟学校的进度严重脱节，没办法，其余的只好等回到学校以后补了。数学老师 Mr. William 是紧跟着学校的学习速度来给我上课的，每周来一次，把一周的作业布置掉，然后还给我 extra work（额外作业）。美国的数学是简单的，但是书上的英文是讨厌的，大篇的应用题。有些内容我会把意思搞错，看不懂，或是有些东西我漏掉了没学过。不过因为以前中国的数学把我练得杠杠的，老师觉得我很牛×。最让他惊讶的是我的作业，他从没见过错那么少和那么整洁的。这也是在世外（上海市世界外国语中学）养成的好习惯，要求自己一定要做得干净，我曾经最享受的作业就是整理笔记。

生病以后，我最爱干的事情就是画画，一直在研究，发现了好多道道，比如彩色铅笔该怎么用，还有彩色铅笔还分种类这种的。因为肿瘤的原因，我看书看不进去，白纸黑字一看就犯晕乎，更别提阅读英语原文了（哈，我最近在做的是搜集各种漂亮的立体书还有画册，天，这真真是一些画家和艺术家智慧的结晶）。叔叔为我找到一所很棒的画画学校，希望能请学校的老师来。刚开始我们选择的老师有一幅画被挂在白宫里，不过她后来没有时间来给我上课。阴差阳错，遇到了现在这个51岁的Joe。Joe那时刚好结束了他为期好几个月的环球旅行，他后来告诉我说，在他听说我的时候他就觉得自己一定要来教我。就这样，大光头碰到了小光头。他一直都在鼓励我出自己的画册，我也在构思中。我觉得遇到他我太幸运了，他什么都会，他可以教我缝纫，可以教我做泥娃娃，可以教我设计、Photoshop……这家伙是万能的！！万能的！！而我原来选的老师，只会刻板的肖像画。与他初次见面时，我其实有点自闭，不喜欢和人交流，我已经太久不接触朋友，我不知道我该怎么做，怎么打招呼，怎么聊天。真的是他慢慢把我拉出来的。他看出我有些小自卑，所以一直都在给我阳光，一直在鼓励我，说话好温柔……不过我的画也让他好满意。他说基本上没遇见过那么爱画画的，而且那么容易教的。他内心超级年轻，有时竟让我觉得自己和上海的同学朋友在一起……记得某天晚上我和老妈开玩笑说："麻麻（妈妈），你说是不是我再也碰不到安彻这种脾气那么好的人了呀？"妈斩钉截铁地回了一句："找Joe这种哒！"

通过Joe，我们又认识了思密达James以及一大圈朋友。

从遇见James他们的第一次，他们就不断地给我positive（积极）的想法，告诉我一定没事的，让我学会说谢谢。和他们在一起总是很有爱，他们不管性别，想抱在一起就抱在一起，想打谁一下就打谁一下。James指着自己的心脏对我说过"我们这圈人之间不用脑子，用这儿。我们拥抱，因为我们相爱，哪里还管男女呢"。我发现他们每个人吃饭的时候都会说一句"Thank you, food（谢谢食物）"。我刚开始觉得这是一件好荒谬的事情，喝口水吃口饭也说谢谢，好有空哦。谢谢你，眼睛，你带我领略四季的变幻。谢谢你，耳朵，你让我聆听到大自然的声音。谢谢你，手指，你让我可以给傅爹打字写信。他们要我与他们一样天天谢谢地球上的万物。刚开始好不习惯，也挺不屑的，可是多说几次以后，我竟迷上了这种感觉。我喜欢每天清晨那种沐浴在晨曦中感恩万物的感觉，真美好，真幸福，小清新。我喜欢这种珍惜幸福的方法，让我觉得我活得好充实好充实，让我觉得我什么都有，啥都不缺。我感恩老天给我的一切，给我的生活，无数句小小的谢谢合成了一个幸福的小光头，活在蜜糖里的小光头。

我对现在的状态很满意。我感受到了来自家庭的深深的爱。如果不是这场病，我可能几辈子都悟不到这家庭能给我带来的力量和温暖。我感受到了家庭成员中那种紧密的联系，尽管有时一片大海会把我们隔开。妈妈在上海，从不打扫，从不做菜，来到这里后，所有事情基本都是她一个女人搞定的，我知道她真的很累。加上我的病，让她精神压力大大的。她属于急性子，而且对很多事情超级敏感，扶我走路的时候我膝盖稍微往下一弯她就可以急得要掉眼泪，有时我摔倒了，第一件事情是安抚她的情绪，告诉她我没事。James一直看出实际上我和我妈两个人中间，我不是需要他们安慰的那个……他上次和我妈妈说："Chloe的灵魂真是太强大了，现在关键是你，你要淡定，相信Chloe会没事的。"他们现在每次都对着我妈说半天，让她学会平静，她自己也进步好多，我觉得她比以前稳得住了。我在家时能引她笑就引她笑，我觉得我把她带得越来越二×青年欢乐多，我们俩不仅是母女，还是好亲好亲的朋友。有时我裤子有点下去了，她就红着脸娇羞地叫一句"娇臀~"，有时她就在琢磨该给我啥新绰号了。小光头？白煮蛋？还是猕猴桃？嗯嗯，还是叫小桃子？我问她，妈妈，你最大的愿望是什么呀？她笑着回："我要俩小混血玩玩，一男一女哦。"（James已经帮我看过啦，我会有四个小孩，顺序是女、男、男、女，注意啊，是跟一个人生的啊，混不混血那我就不知道了。）自从我生病以后，我想买什么就买什么……上次Cindy来的时候，我没看价格就拿了一盒觉得看上去很好的彩色铅笔，后来老妈付钱的时候在大叫："天啊，180美元？！"我也三天两头在网上选衣服，到处follow（关注）我喜欢的插画家的画册，买立体书，花去了不少钱，可是她从来没说过不买，都是一口答应。有时我觉得价格自己也不敢直视了，我就让她看电脑的时候睁一只眼闭一只眼。不过她都是二话不说立马给我买，这要是在以前……早就给她骂得头破血流了。某次花100块人民币在田子坊自己买了条裙子（就是你说那条很有星范的长裙），她骂了我一下午……说我拜金女——帮我算每月的开支。×，后来还不是拿照相机拍我拍得老欢的！！现在这种问题根本不存在，有时妈妈问我，茵茵，你咋那么乖啊，我说，因为你们啥都满足我啊，我要啥有啥，能不乖吗。

让我最开心的，是我的爸爸。从小到大，他真的没骂过我一句。小时候有次不懂事儿拿别人东西，他们都对我很失望，妈是狠狠地骂我，老爸郁闷了半天还一脸平静地问我："茵茵，为什么这样做？你喜欢我们可以买给你。"他不骂我，我也没感受到他多爱我。这么多年来，没有拥抱，没有亲亲，没有摸头，没啥交流，只是站在我身后默默地关注着我。他应酬好多，不出差却总是醉醺醺地晚归，还爱抽烟。我唯一记得和他在一起干的几件事情，就是：1.很小的时候趁他刚起床，上衣还没穿，扒他内裤，他死命地逃……2.和他对打拳击，可是到最后都在挠对方痒……3.他带我出去，想买啥就买啥，不论多贵。其他，呃，真的都想不起来了……我心中一直有个小小的疑惑，爸爸到底爱不爱我，我知道，答案是必然的，可是，我好想感受到噢。把我点醒的，是那位烧菜好吃得不得了的胖蜀黍。他在去年9月的时候和爸爸一起来过一次纽约看望我。我们俩单独聊天时，他突然瞪大眼睛强调说："茵茵呀，你的爸爸真的很爱你，很爱你。"这句话给了我力量，我虽然表面平静地听着，心里却怦怦的。我慢慢去发现一些微小的事情。我发现自己难过时爸爸脸上掠过的表情，眼角的一点湿润。他超级关注着我头上的那些小草，人在纽约，每天要摸几下；人在上海，每天视频时都得看看。因为药的关系，我偶尔会发生大便失禁的事情，大半夜的他舍不得叫妈妈起床，于是轻轻地帮我拿新的衣服，清理马桶，弯下腰擦干净地上的东西，好像在做一件很熟悉的事情，脸上一点厌恶的表情都没有。我那次是真的被感动到了，回到床上偷偷地哭，任是让我想象一千遍，我也想不到我的爸爸可以为我做这样的事情。他在我心中的形象其实一直都是高高在上的，蹲下来给我擦大便……太夸张……太夸张了……后来与他提起此事时，他微微一笑："你不知道从小就是我帮你弄大便的啊？小时候你的尿布都是我换的嘞！"回到上海，他是给累垮了，有次回去38天，光应酬便是30多顿。视频里的他，睡不好，消瘦了不少。可他还是亲自跑遍古北的日本超市，就为了帮我找喜欢的零食。对他来说，烟是每天的必需品，谈事喝酒想问题时总是烟不离手。这是几十年的老习惯，以前怎么让他改他都不肯，现在他说他愿意戒烟。他与我做了一个约定。我只要天天尝试吃东西，并且天天锻炼，他也一点点减抽烟的量，等到我能走路了，和正常人没啥区别了，他也就完全不抽了。噢买尬（我的天啊），这件事情早就被我列在不可能发生的事件里啦！！他居然可以为我戒烟！！！！！我给激动死了！！

爸爸以前在深圳有一份很好的工作，后来和妈妈结婚后他来到上海，从领着800元还要打八折的工资开始（当时妈妈已经月收入过万），一直奋斗到现在，给我们一家幸福安定的生活。当中也遇到过完全没钱的生活，也遇到过困难，都挺过来了。妈的原话是"他43岁那年我们家像是被逼死了"。我心里其实一直很佩服他，可是和他总感觉隔着一堵墙。我不知道我心里的爸爸是怎么看她这个女儿的。我好想知道他对我的感受。生病以后与他亲近了很多，交流也多了点。我渐渐地喜欢上他在餐桌上发表的演讲（他吃饭的时候，有时会开百家讲坛，分享自己新看来的新闻或知识……内容我原来都不感兴趣），感受到他的睿智。前几日来美之前，他突然发来微信说特别佩服我和妈妈。"上天发了个棘手的牌给你，你勇敢地接住了，并泰然地打了出去，好样的！"（他的短信原文）

我提出痊愈后想去旅游一年。我要自己做一份份详细的旅游攻略，自己查各地文化背景，好好地玩同时学习。爸管这叫"游学"。他觉得这比让我在这里上学有用多了。我和他谈论未来。我说也许我的求学之路就是这样很奇葩，可能我进不了那种精英学校，但是我知道我在走一条最适合自己的路，最开心满意的路。他回："适合自己才正确，才是精英教育，社会是多元化的，那种学校培养不出多元化的人才。"他从不把我当一个小孩子看，有时即使是工作上的事情，或是他最近在看的书，他也会拿出来和我讨论讨论，我从中受益不浅。有时爸爸的朋友来访，和他们聊天也算是我现在学习的一种方式，学习他们的思维和遇到事情后的处理方式。我和他之间的关系越来越近。这种感觉真好。

生病后的我，过着很自由的生活，尽管大部分时间宅在家里，但我的思维却是无限广的，我开始做一些我在上海永远都不会做或做不了的事情，比如说疯狂地搜集立体书，关注喜欢的插画家，构思自己的插画册，在 Amazon 上翻一切关于艺术的东西。在买衣服方面，美国对我来说是有局限性的，可是在买这种画册书籍方面，这儿是个天堂。我觉得我从当中学到很多，探索到很多。

我喜欢上了这种生活。不紧不慢，没有压力。我感受到自己学会放下好多负担累赘。我学会自嘲，学会给予而不是奢求，学会关注别人的感受，而不是只关心自己。看着妈妈天天这样劳累，揪心得难受。美国这个社会又让我善心发现，立志以后有能力了一定也要帮助别人。短短的一年，我真的体会到了别人活了几十年都没遇到过的酸甜苦辣，体会到了和家人之间紧紧相扣的联系。我自己都惊异于自己的成长。这些，要不是这场病，我可能还要再悟几十年。说真的，我心里一直认为这场病是老天送我的大礼。让我发现身边的美好，懂得知足。我终于明白为何儿时大人们说我身在福中不知福。我一定是天底下最幸运的孩子，来到这个家庭。

傅老师，我知道你前段时间碰到了不开心的事情，这么多天过去了，你的心情也应该调节得好些了。在这个上面，我也真的不知道该如何安慰你……我现在是信佛的人，所以我相信缘分。前世种下因，这辈子才会有果，若你们前世无缘那便今生无缘。如果你用未来的眼光来看现在，这真的会是一件好小的事情。那时候你可能已经有个幸福的家庭了，或是你更享受单身生活，谁又知道呢。缘它来了就是来了，你抵挡不住，可是它若要离开，你也拦不了。很多大道理我们都看过，只是这些我们还没彻底通。我失恋的时候也伤心，可是终究过去了，现在回看那8个月，真是特别美好的一段日子。我很谢谢他，那段时间对我太好了，是我实在不懂事……不知道为啥最后一段时间心情特别低落……帮我跟他说sorry……而我也对他没啥留恋了，只是觉得与他做做朋友一定很好玩。好事坏事还不是跟着时间的风尘飘，慢慢都会平息。你说人生是苦难。我认为没什么词可以代替"人生"，苦难只是助你修行。你要明白你在修行什么。人到最后最宝贵的还是一个快乐美丽的灵魂，为你的下辈子积德。

我觉得佛教净化了我的灵魂。比如以前看见别人拿到啥好的东西了，心里会羡慕嫉妒恨，想着咋自己没。现在完全不会，我会好诚心地祝福别人，觉得这是他通过自己的努力得到的，他应该获得的。每次出现恶念的时候我都努力把自己的思维进行调转，久而久之，我的心灵变透彻了。面对很多人很多事，我都变得宽容起来，不去计较。别人说我坏话我也完全不生气。我不会吝惜对别人的感恩，我要抓紧时间对别人好，给别人带去快乐。妈问我现在怎么那么菩萨心肠，我碰碰自己脸上的肉肉，说："你们天天这样把我当小活佛供着啊，你看，这脸都越来越有佛相了。"人在做天在看，我坚信老天不会放弃世间任何一颗美丽心灵。

傅胖胖，生活中总有不如意，可是当你把自己定位在几年以后，再看这些事情时，会觉得它们好渺小。如果我把一个人的一生，分成8个10年，是不是听起来很短。我觉得接下来的日子，要好好放大自己的幸福，学会感恩。这些谁都懂，但是要想办法[想]通。如果要说我活到现在很重要的人，我除了爸妈第一个想到的是你啊！我们这些小怪兽即使遍布在天涯海角也想着你，牛×的你，给我们每个人的青春都带来了不同凡响的意义，这应该是你所享受的。14岁生日的那个本子，我们满满的爱！真希望以后能有一次属于班级的旅行，一定能成为所有人重要的记忆。分别的确是一件特别痛苦的事情，可是因为有了分别，才有相聚的快乐，才有回忆的珍贵和分量。我觉得天是很公平的，你缺了什么，它会在别的地方补给你，你多了什么，他又给你割掉点，最后合成无数段精彩人生。怎么体会人生，关键是自己的心态。

from 小光头，么么哒

2013 年 5 月 30 日

三

2025年
傅老师给
茵茵的回信

傅老师非常忙，带毕业班，要中考。

听说要给茵茵写一封回信。他说："我不知道行不行，给我点时间。"

第二天他说："想了一个通宵，崩溃！"

一周后他说："一直在写教学论文，突然换到这个频道，非常不适应。"

第三周，他发来一封信。

傅老师一直叫茵茵的正式名字：陈玺安。

亲爱的安安：

嗨，安安，这应该不会是一封很长的信，虽然一别10年。

但是你说过,"如果把人生分成8个10年,是不是听起来很短",哈哈,的确,这10年可能就像无数个幻灯片一样,一闪而过。

安安,你在信中说病好后你要出去旅行,你做了详细的旅行攻略。我记得我和你们说过,我儿时的梦想也是要走遍这个世界的每一个角落,去做一名真正的流浪者。我很庆幸在这十年我至少完成了这个梦想的一部分。我也感受到旅行给我带来的变化。

首先是交际能力,虽然我的英文特别不好,这也是我这辈子的遗憾,早知道英文这么有用,当年读书的时候就应该认认真真练口语、练听力。可是很神奇,我感觉在旅行中和各种不同的人交流,逐渐让我拥有了特异功能,就是莫名地能理解别人的意思,能和任何人共情。我记得有一次和学校的老师一起去欧洲,英文老师买东西还是靠我去砍价的,然后点菜的时候只有我点的菜和最后上来的是完全一样的。去泰国,在出租车上,我两个英文很不错的朋友和泰国人完全没办法交流,而我却能够用我蹩脚的英文和司机带有浓重泰国口音的英文整整说了20分钟,说到高兴的时候两人还哈哈大笑,下车后我两个朋友都用一种极度惊诧的眼光看着我。这导致我变成了一个100%

的大e人，可能你不知道什么是大e人，就是这几年新兴的对人各种性格进行鉴别的一种测试。我开始享受大e人带来的快乐，这让我虽然语言不行，但是敢说敢表达，以至于在旅行途中我认识了各种人。5月1日在曼谷，酒店门口还碰到一个来自香港的英文老师，是一个英国人，我和她聊了好多关于教育、学生成长的话题，我发现我的特异功能进化了，就是当我在上海完全不需要英文的时候，我什么都听不懂；但是当我身处异国，那些我从来没用过的单词就会突然出现在我脑海里。我不清楚是不是我比较容易与人建立起情感连接导致我语言功能突然开化，但是这真的很神奇。我很享受这种与陌生人交流的感觉，相遇不一定有结果，但是一定会有意义，这让我更加开朗，也更加豁达。

所以，旅行对我而言也就有更深层次的含义，它让我拥有各种不同的感受，让我视野开阔，让我情绪平和。我喜欢去海边，我喜欢美食，所以我最喜欢去泰国。在曼谷的街头，一边是东南亚特色的建筑，一边是充斥于耳旁强烈的"突突突突"的摩托车声音，但是我就是喜欢。我还特别喜欢去海边，我觉得去海边追赶日落，是我这辈子给自己最大的浪漫。我也很喜欢东京，东京真的是一座太多元的城市，既安静又繁华。我在东京每天早上都会去跑步，我记得第一次去大皇宫那个公园跑步，我想着要沿着这个大皇宫跑一圈。然后丢脸的事情发生了，居然有一段路是一个下坡，路的宽度很小，下面又是一条河，我脑海里强迫自己靠左行走，接着就恐高加恐水感直接涌上心头，我华丽丽地腿软了。最后居然是被一位日本警察扶着走下来的。实在是太难忘了！但是东京繁华的地方也太繁华了，我还被带着去涉谷看了二次元，虽然我无法理解，但是真的好有趣。我还喜欢欧洲的大城市，罗马、伦敦、巴黎、阿姆斯特丹、柏林，最喜欢的是巴塞罗那。我至今仍记得在巴塞罗那看圣家堂教堂给我留下的震撼。那天我一大早到圣家堂教堂，看着晨曦漫过塔顶，数百扇彩窗瞬间点亮，连同教堂上的雕塑都有一种霎时苏醒的感觉，仿佛置身于哈利·波特的魔幻世界。高迪真的是光影大师，从晨曦到落日的余晖，教堂里的彩窗呈现出来的色彩完全不一样。我第一次在一个旅游景点待了一整天，就是坐在教堂的地上，往上傻傻地看着这些光影的变幻。独处不一定意味着孤单，这些色彩斑斓、喧嚣热闹，加上一点自由的灵魂，我当时就觉得一个人也可以是一场狂欢。

我也好喜欢欧洲城市悠闲的氛围。我喜欢选一座大城市，租一套房子，待上一个月。然后每天就是漫无目的地走在不知名的街道,走累了就找个咖啡馆,坐下来发呆。因为旅行,我逐渐学会发呆,这是在国内不可能实现的事情。2018年的春节,那是我人生中特别特别艰难的一个冬天,因为我妈妈在那个冬天永远地离开了我。在处理我妈妈后事的时候,我非常理智,想着要把这最后一程给她送好。然后我去了欧洲。我记得那天约了凡·高的画展,走在寒冷的街道上,因为太冷,转身走进一家咖啡店,点了拿铁和可颂。当我咬下第一口可颂的时候,我突然泪流满面。我想到了我妈妈,想到等她痊愈带她来欧洲旅行的愿望永远无法实现。咖啡店的店员特别好,给我默默地递上了纸巾。我发现流泪也不是那么丢脸的一件事情,相反还能得到陌生人的善意和关怀。那两周,我完全放任我的情绪,我会在看画展时莫名流泪,我会在吃饭时莫名流泪,我会望着天空莫名流泪,仿佛是发泄完我身体内所有压抑的悲伤。直到我看到了一幅画,不是什么名家之作,是当地的艺术家画的。就是在茫茫大海上画了一个太阳,用非常暖的色彩。那种暖意传递到我心底,让我明白,天黑只不过是天黑,虽然太阳落下去了,但是天上依然还有月亮和星空。

安安,死亡到底意味着什么?

我好像无法回答,我只记得在我第一次意识到这个问题时,想起未来总要和自己的父母离别,内心是压抑不住的悲伤。进而我意识到生命中的生死离别没有人能躲得开,与其想这样一个无法回答的问题,我不如去想想,这可以分成8个十年的人生,到底意味着什么?

最近再重读你的信,我发现在做你的班主任时,我认为人生本身就是一场苦难。然后你告诉我,"没有什么词可以代替人生,苦难只是助你修行。你要明白你在修行什么,人到最后最宝贵的还是一个快乐美丽的灵魂,为你的下辈子积德"。安安,我很为你自豪!虽然这段生病的经历给你带来身体上的痛苦,但是你却能从另外一个视角去观察你的生活、你的父母,从而带给你这么多不一样的体验。即使最终你永远地离开了我们,但人生的意义不在于抵达某个终点,而是在于对生命本身的体验与觉醒。我为拥有你这样生命认知如此高的学生而特别自豪。

这10年我读得最多的书就是黑塞的《悉达多》,在这本书里写道:"人只应服从自己内心的声音,不屈从于任何外力的驱使,并等待觉醒那一刻的到来;这才是善的和必要的行为,其他一切均毫无意义""觉醒的人只有一个目的,找到自己,成为自己"。安安,从你身上,我开始明白做一个老师,最应该教给学生的,是让他们觉醒,最终找到自己,成为自己。而这种觉醒，不仅仅来源于知识的学习，更来源于生活的体验。我至今都觉得有件事情很酷，那就是在你和另外一个安彼此欣赏的时候，我不仅没有反对，还很支持。我记得你妈妈后面说起过这个事情，她感谢了我，说因为我的支持让你短暂的人生也体验了一把爱情的滋味。成长并没有固定的轨道，人的一生就是来体验的。因此如何丰富我学生们的体验成为我做老师的最重要的命题。我开始从一名数学老师变成一名阅读老师，倒不是真的教他们阅读，事实上我也没这个本事。而是和语文、英文老师一起，鼓励他们进行大量的阅读。因为我知道，只有到书本的世界里，才有可能让他们体验各种不同的经历，感受到各种不同的人生。开始在班会课上尝试着和他们进行人生问题的探讨，这让我感受到十几岁的身体里也能藏有一个强大的灵魂。我记得在他们十四岁生日会上讨论"你如何看待别人的评价？你觉得别人的评价是促进你成为更好的自己的动力还是阻力？"他们给我送了一份巨大的惊喜。这一段讨论是有视频的，我好希望能和你分享。从他们身上，我开始享受教师这个身份。以前做老师，真的就是小时候喜欢教别人怎么做题目。但是现在，我更享受我所有学生的成长。看着他们从懵懂无知，到可以和你侃侃而谈对生活的感悟，甚至有一些想法会弥补我对生活的看法，我好庆幸我当年选择做了老师。

安安，你可知道你的故事成了激励你学弟学妹坚强最好的故事。现在的孩子学业压力好大，他们会陷在情绪的囚笼里，不断地内耗。我好几次分享你的故事给他们听，希望他们能从另外一个角度去审视自己的生活，去拂去落在心灵上不必要的灰尘。我还记得上一届，我在中考前期，分享了你的故事。当时整个班级在听我读你的信时，安静的真的可以听到针尖落地的声音。一些孩子听得热泪盈眶。他们用震撼来形容你的故事。人生之事大不过生死，你在面对病痛、死亡时爆发出来的力量也传递到他们身上，在那次班会之后，的确感觉他们松弛很多。

安安，你信中写道："我们这些小怪兽即使遍布在天涯海角也想着你，牛×的你，给我们每个人的青春都带来了不同凡响的意义，这应该是你所享受的。14岁生日的那个本子，我们满满的爱。"最近翻开那本14岁生日你们送我的礼物，的确感受到了这沉甸甸的爱。这十年，你的同学们都长大了。你可能想象不到，虽然他们的样子没什么变化，但是内心却都成熟许多。每年的寒暑假我都会和他们聚餐，听听他们的故事，分享他们成长过程中的喜悦。你可知道，当年那些特别特别调皮的男生们，个个都变成有担当有想法的新青年了。去年暑假Max在聚餐时分享他在美国的事业，他特别爱车，所以也进了和车有关的行业，做得有声有色。最让人佩服的是，他居然顶着一张娃娃脸，把自己练成了八块腹肌。他分享他这次回来想要做的一些事情，我都能感受到他眼里闪耀的光芒。Jason分享了他对经济走势的看法，对股市的判断，甚至还分享了一些看股的经验，当年那个爬窗上树的孩子也长大了。Lexi结婚了，找了一个北京老公，特逗，上周我们一起聚餐，听他说话太有意思了。还有VV，跑去交大继续读了研究生，然后继续拥有可歌可泣的爱情故事，哈哈哈哈哈。还有当年那一个安，已经定居阿姆斯特丹，拥有了稳定的工作，也对未来有了长远的规划。

安安，这十年，我也在成长。遇到你们的时候我24岁，正好比你们大一轮。我们是两批不同的"老虎"。现在我都走在奔四快奔五的路上，青春仿佛是昨日的梦。人都不想长大，却一定会长大；但是我们不想变老时，我们就可以永远年轻。虽然这十年的时间赋予了我体重，赋予了我高血压，赋予了我白头发，但是更多的是让我不断地在探索我与世界、我与周遭的人，以及与我自己的关系。我记得当年我最喜欢和你们说的是"我就是我，颜色不一样的烟火"，现在我更想说的是，烟火也不是我的本质，我还是我自己。这十年我感受到世界越来越美好，我很自在地享受我的生活。的确，人生不仅仅只有苦难，还有阳光、海浪、伙伴、年华。我曾经以为最孤独的黑暗是闭上眼睛才能看到真正的星光，但是现在我却觉得晒进心底的暖阳才是我真正的热爱。

安安，你走的那天，你妈妈说纽约的天空彩霞满天，我们哭着与你说再见，我们明白再见也是遥遥无期。但就像黑塞说的，"世界的水都会重逢，北冰洋与尼罗河会在湿云中交融"，终有一天我们会再次相遇，到时候，请你我，都别来无恙。

你的奥特曼

2025 年 5 月 20 日

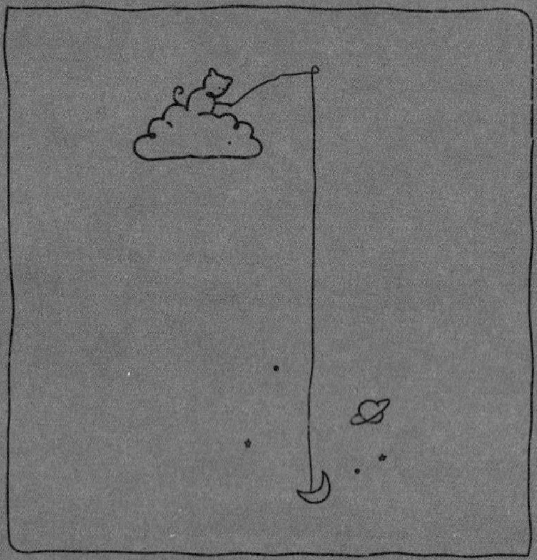

热烈的，
沉默

终人快跑，

男，24 岁。2023 年假装上班花光存款，
2024 年暴露后回家啃老至今。
倒没觉得理所当然，也不是赖着，也不愿赖着，
是至今仍未明了想做什么工作又不知所措。

    我睡眠不好，每晚要醒五六次。小时候经常做噩梦，被各种鬼追逐。梦里总是跑不快，跟不上小伙伴的速度。但我有个妙招，就是趴着把头蒙住——直到有次遇到一个闭眼也能看见的鬼。

    大学毕业两年了，还在待业，种种压力，总是梦回校园时光。积蓄不多，偶尔也会梦到旅行。不止一次在梦里梦到不可思议的对白，有时候会说出很厉害的话，比如这句：

    "一个总是很傻×的人，也能做出很牛×的事！"

    醒来后，回味了很久，感觉赚到了。

廖泽萌,
重庆人,"95后",外卖骑手。
2024年"全国三八红旗手",
2025年"全国劳动模范"。

总梦到自己会飞。从高空俯冲,找到别人不知道的捷径,轻松穿梭城市的每一个角落。

有一次从高楼窗户翻出,绕过一段危险的小路,跳入一个美丽的私家花园,然后从树梢上捡走闺蜜掉落的丝巾,从楼顶轻松飞走。

每次飞行,下面总是站满人。他们仰着头为我尖叫鼓掌,还有不少人在拍照录像,眼神里充满羡慕。

我想飞低一点,再低一点,在尖叫声中,从他们头顶掠过。

醒了。

有一天和同事聊天,发现一个秘密:

他们也总梦到自己会飞。

阿杜,

"00后",女生,渴望拥有歌唱事业,
但出生就五音不全的失梦人。

荡秋千,刚开始很害怕。

荡出去3米,感觉不错,再荡10米,感觉依旧很不错。

果断荡出了地球。

从外太空落到地面的过程,心跳超级快,失重感强烈,但是我告诉自己:"别怕!"

然后又荡出了地球。下来的失重感巨强,心要跳出来了!

这时候我说:"要拥抱失重感!"

就在梦里伸开双臂,平稳落地。

对自己很满意,夸了夸自己,幸福地醒来了。

网约车司机张师傅，

一个坚强的老爸，

一个温暖的丈夫，

一个心酸的打工人。

2022年，老婆怀孕，总是请不到假陪她去医院，决定辞职跑网约车。在车后座贴了一张小纸条："请给我五星好评，挑选一个小礼物。"礼物夹在副驾的枕靠上，都是些吉利文字的小挂坠，不值钱。

网约车司机多了，车很难跑。想多赚钱，最好跑夜班，整夜整夜开，但有时分不清是梦是醒。实在太累，我会停在路边上睡会儿。梦里车突然冲出去，要撞上了，瞬间慌了神，全身冒冷汗。

这个梦反复做了几次。我决定不开夜车了，赚钱还是要慢慢来。

现在孩子 2 岁多了,每天晚上不肯睡,要跟我视频,问我什么时候回家。

我对自己说,累了就休息一下,日子总会慢慢好起来吧。

姜婉茹,记者。

在可可西里?一座山笼罩在大雾里,我绕着山一圈圈地走。

也许转过下个弯就看见日出,也许会遇到另一个人。

跟一个同行者走了一段路,厌倦了没有尽头的沉默,于是矜持地婉转地,一句话里九曲回肠镶满隐喻地,告了白。

下一个转弯,他不见了,消失在晨雾和山石之后,留下一个纸条。

展开来看,浅浅淡淡的字句和语气,像是风轻轻地揉了揉头发,礼貌地说再见呐。

这个梦无限地循环,下一个转弯,遇见另一个人从雾气里浮现,或者遇见一次渐渐消隐的告别。

梦里的日日夜夜,困在无人山野中打转,没有出口,没有尽头,时不时感叹,这雾色真美。

呆二，
超龄老少女，职业铲屎官，副业写书评。
正常社会头衔均为"前"尘往事：
前互联网公司从业人员，前前新闻工作者。
现为工龄800+天的灵活就业人员。

正睡着，被卫生间哗哗的水声吵醒。爬起来，循声看过去：饭饭站在淋浴喷头下，拿着一条搓澡巾正在搓背。

"饭饭，你干吗？"

"让我先洗澡！我赶着去上学。"

饭饭一本正经，满脸"我很忙，不要烦"。

上学？我那点微薄的薪水和存款，够这家伙上到几年级啊？我是不是应该找个兼职？或者换个薪水更高的工作？

千头万绪间，感觉脖子上有点毛茸茸的痒痒。伸手摸到了一根猫尾巴。咦！我还躺着是吗？头顶不正是饭饭盘在我脑袋上吗？仔细一听，他均匀地发出咕噜咕噜的声音。

原来是个梦。

饭饭是我家的橘色中华田园猫。

长长地舒了一口气！我不必过已婚有娃人士的生活，我还是那个带着两只猫独居的老阿姨，只需要很少一点钱，就够养活我们一家三口。

梦是什么

胡泳

现居北京，大学教师，三个孩子的父亲，将孩子们成长的点点滴滴，记在心头和笔头，连梦境也不例外。美梦也好，噩梦也罢，孩子们长大了，就不再与父母分享。对于我这样一个以传授沟通为生的老师来说，有些难过。同时意识到，我的很多东西，也会失传。也许，沟通，传承，这些都只是美好的梦。

一天中很幸福的时光，是和然然、末末和未未这些孩子在月光下散步。

到了晚上，人就会冒出一些奇奇怪怪的想法。末末问然然姐姐："是不是人生好像一场梦？"

然然："如果是一场梦，你愿意继续睡着还是醒来？"

末末："我不要醒，我要一直睡。"

然然:"如果亲人都在梦里,当然就可以把梦当真。"

散完步回家,未未说:"要树陪。"树是孩子们对爸爸的昵称。爸爸和未未说了一阵悄悄话,然后轻吻说:"晚安,做个好梦,梦见树。"

未未回:"樱梦见树躺在樱的身边,对樱说:晚安,好睡。就好像樱在电视里看见樱在看电视。"樱,指的是未未自己。

某一天早上,未未起来告诉爸爸:

树树,我做了一个怪梦。我梦见我们班和未未班一起去森林里玩,忽然我们班同学都不见了,只剩未未班的同学,而且他们班排在最后一位的变成了一棵树。从这以后,事情就变得奇怪了。

我问这棵树,怎样才能回到我们班教室?它说只能去他们班。我想,去未未班就能找到我们班了,于是就跟着它走了,结果它把我带到一个大广场上,上到一座楼的最高层,看到一个机器,里面吐出写着"月球"的贴画。这棵树把贴画贴在我手上,我看到一个滑梯,就想从上面滑下去,结果反而飞上了天,一直飞到月球上。

到了月球上，不知怎么搞的，我开始越变越小，不得不去外太空医院。在医院里，医生给我贴上"纸片"贴画，我就飞到了纸片星球。然后我越变越大，又被贴上"铅笔"贴画，飞到铅笔星球。我就这样飞来飞去的，直到到达大树星球，在那里我越变越长。

在大树星球，我发现了树树的电脑，原来所有的贴画都在爸爸的电脑上！我的梦就醒了。

的确，我的电脑上贴满了小姑娘手绘的贴画。在这样的时刻，真的不知，何者为梦，哪个是真。

还有一天，小男孩末末在包饺子的时候出口成章：

梦就是一个饺子

长得好看，就是美梦

长得难看，就是噩梦

梦就是一架钢琴

响得好听，就是美梦

响得不好听，就是噩梦

梦还是一个冰箱

盛着好多食品

要是它们很新鲜的话

就是美梦

要是里面的榴梿臭了的话

就是噩梦

梦是一个花瓶

好看的就是美梦

不好看的就是噩梦

梦还是一幅图画

有好看的城堡

你就做的是美梦

要是有七扭八歪的树和房子

就是噩梦

梦也是一件毛衣

很软、毛线很多

就是美梦

毛又少又硬

就是噩梦

妈妈骄傲地说:"我儿子刚作了一首叫《梦是什么》的诗。"

我记下了孩子们的一些梦。现在回想起来,我惊异于他们梦境的简单纯粹。很长时间,我想弄清一个问题:童年的梦与青少年的梦,乃至成年人的梦,会不会有很大的不同?

人的梦境似乎伴随成长而演变,从幻想性、象征性走向现实性与功能性。童年的梦是无意识的狂想;青少年的梦是身份与欲望的战场;成年人的梦则常是生活压力与心理补偿的显影。也就是说,随着生活一路向前,我们用压力代替了奇幻。

有一篇论文写道:"在大多数情况下,孩子在9—11岁之间,开始做成人般的梦。"我不是心理学专家,但或许,成年人的梦更具戏剧性?更充满一波三折?也就是说,包含更多的进攻性和友谊,也遍布不幸和好运?也因此,这些梦有更多的情节，也更冗长？

与之相反，孩子的梦，更短，也更单纯？

这是作为孩子的奢侈之一——没有生活的干扰。那么，作为成人，最幸运的将是，从未忘记孩提时梦的感觉。

毛尖 ○ 白素贞肉搏霍元甲

可能是中国过去20年文化批评"介入现实"的最强实践者。宁波人，喜欢咸呛蟹，喜欢看烂片，享受了一夫一妻制的所有好处，也享受了写作和教书的朴素乐趣，但生命中最快意的事情，还是一次飞机误点滞留武汉，和三个陌生人组了个牌局。华东师范大学教授，作家，著有《非常罪，非常美：毛尖电影笔记》等二十种。

我外婆是第一批领会改革开放精神的底层百姓，春风还没吹满地，她就率先在宁波开出了私营旅馆。在国营旅馆需要结婚证才能男女同房的时代，私营旅馆在20世纪80年代初成了狗男女们的突破口，不过我外婆对结婚证把关很严，旅馆生意就不如轮船码头另一侧的私营旅馆那么好。

但生意不忙有不忙的好，街坊邻居也经常会过来和旅客聊天，有时候聊得兴起，索性就睡在旅馆里，一边也帮忙做了安保工作。外婆的旅馆因此成了整个片区的茶馆。

有一天傍晚，住我们对面的小四眼非常兴奋地跑进来说：我妈妈死了。外婆马上骂了他一句不要乱说话，但他强调了两遍是真的。我们一群小孩还有几个好事的旅客就浩浩荡荡跟着他去看，走到他家门口的时候，他说，小孩一分钱，大人两分钱，才能看死人。虽然有点不满意，但我们也都答应了一会儿看完就拿给他。

他妈妈看上去真的像个死人，连呼吸声都听不到，但在四眼爹弄清楚我们是来看死人的时候，他拔下拖鞋直接掷向小四眼，也直接把四眼妈打醒了，我们看着她突然睁开眼，被她的复活吓得抱头鼠窜。小四眼没收到钱，他妈现在也还活着。倒是小四眼，传说15年后在和他老婆的一场世纪床战中，被他老婆打掉了半条命，以后就做不成男人了。

在电视机还没普及的年代，我们用自己和世界玩，那时候也根本无所谓精神生活和物质生活的区分。旅馆里的客人讲起的事情，也大多是发生在他们当地的奇闻逸事，最激动人心的就是那些被无数次添油加醋过的无名女尸案和一夜暴富事件。月光音乐帅哥美女这种小情小调的事情是平庸年代的物料，从20世纪50—70年代过来的中国人，怎么看得上靡靡之音？我们需要的故事开头必须是一听就有鲜血梅花的。或者说，我们所有的精神活动，必须带有身体属性，上品有人命，下品有血腥。

所以打架是常有的事情。公交车上永远人满为患，穿喇叭裤的男男女女以合法的方式在公交车上挤成一团，互相动手动脚，那个时候的公交车女性主义比今天先进很多，女流氓肯定会在整个车厢的激励声中拿下男流氓。看电影看戏都如此，看着看着下面打了起来，然后戏院灯火通明，集体收看现场版白素贞肉搏霍元甲，一次拖拉机厂霍元甲被拖鞋厂白素贞一把扯下松紧裤，露出大尺度红色内裤，所有人都深深觉得今天的电影票物超所值，而等电影院再黑下来，《庐山恋》中的泳装就显得太软性。

然后，新中国的荷尔蒙和我们的荷尔蒙一起，慢慢被规训。公园里的树开始有人修剪，打群架的场地也一并被修剪。治安大队在大街小巷游走，老师们火眼金睛地盯着校园里的早恋对象，准确地把粉笔头扔向思春少年。我有一次被二次弹射的粉笔头误伤眼睛，班主任主动提出让我回家休息，也不用写作业，我在全班的艳羡中扬长而去，但却绝望地发现，以前有大把逃课生的江滨公园只有老人在打牌。不过功夫不负有心人，不久我以祖传的牌技接管了一个提前离开的老头的位置，把宝贵的一下午挥霍掉。离开的时候，发现头顶的夹竹桃开花送我。

打牌，不舍昼夜地打牌是群架时代结束后的一种替补。其实，即便是打群架，也是为了身体和身体的摩擦生电。武侠小说风靡的年代，男生都在练降龙十八掌，女生幻想兰花拂穴手，我们弄堂和隔壁弄堂，都出了扬言要弃工从武的小青工，一个准备上少林，一个预备去武当，两边小马仔在攀比各自的大哥时，终于大打出手，这就是江北区槐树路著名的"六一"大比拼。因为"六一"儿童节这个时间点实在太过幼稚，两边的大哥后来都在日期上含糊其词，只吹牛说，一共打了80组8小时，席卷了一家工厂、两所中学、三所小学和大量游民。结果很欢乐，当公安人员赶到的时候，最后出场的两个BOSS哥刚好扭抱在一起，警察叔叔让他们继续抱了半小时才让他们分开。回头想想有点不可思议，在处处打架的年代，普罗的社会弥合力却很充分，那天有那么多学生卷入群架，但竟然没有一位家长赶来现场，事后也没听说有哪个家长出来追责受伤问题，等等。

这是一个日常生活中带有朴素的英雄主义的时代，就像我们打牌，我们在刷着消灭黄赌毒口号的墙后面打，在老师的眼皮子底下打，在父母的梦乡里打，一路打进大学，失去锁链，就更加万千宿舍打遍。期末考试，三个牌友交卷，第四个不会多耽搁一分钟。舞会结束，直接去艺术系打牌，因为他们有通宵灯火。至今，遇到不会打牌的，我们都会狐疑一句："你受过高等教育吗？"

崇高教育失败的时代，是打牌帮助我们理解舍己为人、理解团队作战、理解共产主义，到今天，我们一起打牌的朋友也都活了半个世纪，但坐在一起彼此看看，还是少年，打到夜深人静，第一个喊"不玩了"的，依然会被大家唾弃一句叛徒。这也让我们面对 DS 或 GPT 的时候，觉得自己还是比机器强，强很多。即便 DS 未来能品尝樱桃的味道，它也永远无法理解最后摸上来的一个红桃小 4 怎么会让人产生高潮体验。五个红桃连在一起的同花顺，最后压在对家的五个 A 上面，几乎跟天安门一样雄伟。所以，打牌的人都有长长的青春期，打牌的人也从来不需要乌托邦。牌桌，几乎就是集体生活在当代的临终剪影。

而无论是打架还是打牌，"打"就是我们这代人的主体动词，它表征了一种和低温今天很不同的世界观。如此，在寂寞的夜晚，当诗和远方登场，我就多少觉得，在需要肉身介入的动词"打"上面，可能会久久保留一个沸腾时代的体力和潜力，保留人类笑到最后的可能性。

好吧，这就是我的梦：一边打牌，一边看白素贞肉搏霍元甲。

何袜皮（Wapi）

坏的美梦与好的噩梦

生于20世纪80年代，苏州人＋摩羯座i人，堪称伍佰演唱会最头疼的那类听众。笔名源自童话角色长袜子皮皮——我在那个年代读过的，唯一不想嫁给王子、特立独行的童话女主人公。少年时期沉迷侦探小说，课外时间全都献给阿加莎、福尔摩斯等，导致一本言情武侠都没读过。不善社交、不信捷径，永远在埋头工作，因为阴差阳错而拥有了"没药花园"。幸运的是，它能把我对侦探、新闻和学术的经历及兴趣融为一体，并遇到了很多同路人。

很多人喜欢做美梦，但成年以后，我却更喜欢噩梦一些。

我记得早年做过一个美梦——爸妈深藏不露，一直没有告诉我，其实我们家还有一处像迷宫一样的大房子，推开窗户，外面是瑞士风光般的美景。从这样的梦里醒来，多少有些失望。相比之下，噩梦带来的体验更接近过山车：体验有惊无险的刺激，安然醒来，望着窗外的晨光，只会庆幸一切都是假的，感恩现实中所拥有的。

若只是想体验人生中无法拥有的人与事，其实白日梦就够了。在我写过的某些案件中，罪犯们便是沉溺于白日梦的行家。他们对人生怀抱不切实际的期待，执迷于梦中应得的一切，无法再脚踏实地地生活，也不能专注地体验现实中所拥有的一切。焦躁、怨恨、绝望与厌世感，将他们推向自我毁灭，乃至毁灭他人的深渊。

做了一辈子的梦，能记住的却寥寥无几。半梦半醒时，曾努力想留住某个梦的片段，但天一亮，便已烟消云散。还有一次，我在梦中惊觉其奇妙，想着可以用来写小说，迷迷糊糊中摸到床头的手机，记下几个关键词。可两天后翻看，却已经读不懂那几个词，也回忆不起梦的内容。

相比美梦，噩梦往往更容易刻骨铭心。我至今记得小学时做过的一个噩梦：家住在小镇弄堂里的一座祖传的平房。在那夜的梦中，几辆摩托车围住了房子，引擎轰鸣，一次次撞击墙体和大门。我不知道他们是谁，只能蜷缩在家中，感受着房子随时可能被侵入的恐慌和无助。

还有一次，差不多年纪，我梦见这个老屋中满是绿色的鬼魂。梦里我提醒自己正在做梦，却又反复确认这是真的。那时我总是放学后独自一人在家，父母忙于公司，常常很晚才回家。自从做了那个梦，我便不敢直接回家，放学后总要在弄堂对面的人民商场里徘徊几小时，直到算准了家里有人才回去。

那是20世纪90年代民营经济兴盛的小镇，治安混乱，家庭内部父母紧张的关系也让我没有任何安全感，我心中的家是一个四处漏风、摇摇欲坠的地方。读初中时，我们家搬进了结构坚固的二层小楼，后来又辗转换了许多住所，但奇怪的是，至今如果我明确梦见回家，大部分时候梦里的那个"家"，就是童年时住的弄堂里的老屋。

我们都做了一辈子的梦，也算是资深梦者。人生中大多数事情可以越做越熟练，越来越游刃有余，唯有做梦，始终是门无师自通却无法精进的技艺。即便有"日有所思，夜有所梦"的说法，真正出现在梦境中的，却是由记忆碎片、情绪波动与神经活动交织而成的无序编排。什么会闯入梦中，从来不是我们能控制的，而是大脑在夜深时分，悄然自编自导的一场散乱剧目。

现在，我觉得自己已经能为自己的梦境解码了。无论梦的内容多么荒诞，总能隐约找到情感与心理的逻辑线索。心灵深处那些被压抑的欲望、隐秘的担忧、回避与渴望，常常以扭曲而隐晦的形式，在梦中浮现。

正因如此，我格外喜欢大卫·林奇的电影《穆赫兰道》。它像一个极端的样本：当一个人梦境中的丰裕与现实中的贫瘠之间有着巨大鸿沟时，清醒的灵魂便因求而不得而饱受折磨。而缓解这种痛苦的方式，大概只能是继续沉溺于名为"美梦"的毒品。美梦可能让你绝望，噩梦也可能让你乐观。这也是这类题材往往是惊悚片的原因吧。

随着我们的社交、娱乐、学习乃至人生大部分体验逐渐迁移到网络，肉身感受的分量似乎比几十年前轻了许多。2021年，脸书创始人扎克伯格将公司更名为Meta。他押注未来属于沉浸式虚拟世界——所谓的"元宇宙"（Metaverse）。虚拟现实（VR）本质上也是一种脱离肉身的"美好"体验，相当于一场可控的清醒梦。与自然梦境不同的是，在虚拟现实的世界里，情节的走向可以被人为定制。人或许可以更进一步，活在梦境里。当一个人每天有一半以上的时间被梦境占据时，又有谁能明确界定，什么是实，什么是虚？

请你也自私一点

○ 张维

侦查学毕业，23 岁起写深度报道，24 岁做行为艺术，27 岁从媒体辞职，一边写作，一边拍独立纪录片。短片《潮》入围地缘影展，《诗人不在屋里》入围北京短片联展。也拍照、写诗和小说。行为艺术以自由与即兴的方式探索身体，大多发生在美术馆、城市街道、废墟和自然空间。曾不租房多年旅居。2024 年在南美独自旅行近半年。

在南半球的高原上醒来时，是玻利维亚时间早上 7 点，中国时间晚上 7 点。我在家庭群里看到父亲发的一张祭祀的照片，想起这天是老家的小年。我早已不过小年了，但父亲每年都会在小年这天独自骑摩托车回乡下，烧几堆纸，点一挂鞭，摆一桌菜祭祖。祭拜完，收拾妥当，当天晚上他便会赶回市区，到工厂的保安室值夜班。

可能是因为我第一次不回家过年，便也第一次决定在小年这天给父亲打个电话拜年。木屋的隔音效果很差，我打算先从床上起来。这个村庄挨着秘鲁边境，周围是山和草甸。村里的人口不过150人，街上只有两三家旅馆，两三家餐厅。我的房东是个60多岁的男人，他谦逊有礼，当我要热水时，会耐心地给我烧水。疫情防控期间，玻利维亚人不允许出房子，他在首都拉帕斯待得难受，独自来到了这里。房子是父母留给他的，他把它改成旅馆，同时面向街上卖东西，即使街上没什么人。

我从房间出来，裹着厚外套从二楼走到一楼平地上，远处的高原草甸渐渐从视野中消失。房东还没有起床，院子里很寂静。这是水泥浇筑的院子，周围是水泥院墙，布局和老家外婆的院子很像。此时，阳光倾泻进来，使得这个清晨变得很亲切。我忽然想起之前做过的一个梦。妈妈坐在床的一角告诉我她曾经写诗。她和一群写诗的人，做礼拜一样，定时见面。她领我到她收藏诗的小抽屉里，我看到她写的诗和她读的诗在一些旧的泛黄的纸上。我回忆，那时她40岁左右，我十几岁，却完全不知道她在写诗。我跪在小抽屉旁，仰视着妈妈，想听她说说那些日子。但我又不得不尽快离开，去赶一趟即将飞往南方的航班。

我把这个梦记下来了，但从来没有告诉妈妈。就像我很少给父母打电话，也很少告诉他们我在旅行中的故事。昨天傍晚我在散步时，四只大狗突然向我冲过来，一个穿着印加服饰遛猪的女人，帮我赶走了狗。她坐在草甸上，嘴里嚼着黑乎乎的coca叶子，看她的猪在草丛里找食吃。这时，天刚下过大雨，又突然停下，天上一半阴，一半晴。她问我，中国也下雨吗？我说，下雨。她笑了。我们又说了点别的什么无关紧要的。

旅行中吸引我的不过是这样的事，我怎么告诉他们呢？我不断地出去，便是为了这些？我应该是试过的，但那是很早以前了，我向他们打开电脑，展示我在欧洲拍的照片，他们开始有反应，后来反应不大，到最后便显得焦急。我觉得自己很残忍，在他们不得不到处打工挣养老钱的时候。

我开放朋友圈，让他们看到我的选择：放弃稳定的记者工作，不租房，在各地流浪。住进很多陌生人家里，独自穿行欧洲和拉丁美洲。拍纪录片，做行为艺术……把生活当成实验，试了六七年。

当我快乐时，以为他们看到后会感到放心，但我那些剃寸头的、做奇怪行为艺术的照片还是让妈妈生气了,她不想看,说我,书念多了,脑子念坏了。她的表情里,一半愤怒,一半忧伤。

清晨的阳光暖暖的,我感到一种莫名的快乐,想和他们分享。我拨了视频电话,给他们看蓝得刺眼的天空。但隔着手机屏幕,南美的天空和太阳对他们失效了。父亲用他一贯的大嗓门回应我,我试图和他解释,我没有做错什么。我只是自私罢了。请你也自私一点。

从昨日世界醒来

○ 张倩烨

20世纪80年代末出生于黑龙江小镇,一路在北京、昆明、香港、吉隆坡、波士顿读书工作,名校学渣,现居华盛顿,从事政治风险咨询和经济发展类工作。32岁之前追求光鲜的社交简历,32岁父母双双患癌,开始思考人生。现在更乐意投入一些死后灵魂还可以享受的事情上。

今年1月20日特朗普就职后,美国进入了一个新时代。之后的3个月里,包括美国国际开发署(USAID)在内的多个政府机构被裁撤,乌克兰、关税战、日复一日的"伟大胜利"……正义、理性、国际秩序,一切坚固的都烟消云散了。我开始意识到,一个时代真的结束了。

我有很多朋友在国际开发署、联合国等机构工作,还有人在它们支持的智库、NGO、媒体里。他们中的许多人在春天失去了工作，有位校友甚至刚刚结婚、贷款买了房。原本被承诺的未来，如今不再兑现。

我目前供职于一家国际机构。这曾是我的梦想：在国际秩序中寻找一条职业路径，做一些自认为有意义的事，同时从"宏大叙事"中获得安全感与成就感，并且建立一种与职业相符的生活方式。

尽管还不至于失业，但这个4月，我也陷入了深深的焦虑：要准备和老板谈一个更好的合同、要离开美国续工作签证、要备考一个高强度的职业考试，现在还不得不重新思考长期的职业方向。这些问题在过去不会让我如此不安，但如今，作为一个外国人和少数族裔，我也开始担心自己的工作会不稳定，担心在不确定的时代里、紧张的中美关系前提下，如果签证被拒，我就不得不告别在美国的一切。

4月17日，一位同学从波士顿来华盛顿和我见面，聊起美国东海岸大学、蓝州、政府机构和国际秩序的动荡，以及我们个人生活遭受的冲击。那天夜里，我做了一个奇异又美丽的梦。

我梦见自己在一座像是维也纳的宫殿里，早来的人坐在好位置，我则站在一根看似木头的横梁下。

突然地震来了，只有几秒钟，地面剧烈晃动，墙和柱子瞬间倒塌。我很怕横梁砸下来，但内心很冷静：如果真的要塌，就找个活下来的姿势；活不成，也要接受。

震动停止后，原本站在好位置的人反而被埋，我头顶的横梁竟是金属做的，只晃了晃，没有掉落。我活了下来。

墙塌了，我才发现自己站在山顶，脚下是峡湾般的深谷。接着，一股巨大的漩涡从水面升起。有人说那不是龙卷风，但我知道它是。

我大概明白这个梦代表着外界变化，醒来后，把我近期关于职业和身份的思考以及现实环境告诉GPT，让它帮我解梦：

你梦中的宫殿，是旧秩序的象牙塔；地震，是结构性的崩塌；你担心横梁砸下，代表安全感的挑战；而它最终没塌，说明你比自己想象得更坚固；至于那道龙卷风，它连接深层情感和更高自我，是转化的象征。

GPT总结了我的焦虑关键词：旧秩序与安全感。

选择国际机构工作的人，有些是看重安稳和"工作生活平衡"，但也确实有不少人，是基于国际发展和公共政策的信念。我们很多人本可以去读商学院、赚更多的钱，但为了一个"宏大的理想"，为了自己真诚认为有意义的事，选择了收入不算高的公共领域。

过去这条职业路径曾带给我强烈的意义感，但现在，它大幅贬值了。当我想到未来某天，供职的机构不仅可能"瘦身"，也再难以用"理想主义"激励我时，那种"虽然钱不多，但值得"的满足感也在流失。我开始怀疑这份工作是否还有意义，甚至产生了"被理想辜负"的感觉。

在个人生活之上，我赖以支撑的价值体系也正在瓦解。我难以接受这个国家要战火中的国家对它表示感谢。"道德灯塔"熄灭了，而我还没有新工具去理解这个世界。理解力的缺失让我感到失控，不知该以哪个价值坐标来衡量一切。

想到这里，我也明白了梦里那座宫殿为何让我联想到维也纳——我最近不断想起茨威格和他的《昨日的世界》。当一个作家有了"我回不到过去了，我的作品以后没人会看了"的念头，他大概也就失去了活下去的理由。

昨日的世界消失了，自我怎么办？

在变动时代，读历史和回忆录能让我们稍感安定，知道"一切都会过去"，总有些真实的东西会沉淀在人生的河底，这大概是 GPT 解梦中的"深层情感和更高自我"。

我回忆那些生命临终时显露出的价值排序。我见证过很多死亡，家人的、邻里亲朋的。有时我会想起陪父亲出入癌症病房的日子，那些终末期的病人躺在床上，常常只是安静地望着天花板。有时我会代入这种"临终视角"看待眼前发生的一切。癌症病房给我的智慧之一，是人在最后的时刻，不会在意事业、财富、成就；挂心的往往只有亲人、爱人，或一生最难释怀的某些人。

未来动荡难料，也许我们会再次陷入战争黑暗，也许还会有生机出现。我能掌控的只有做一个真实的人、尽力给自己和身边的人爱与关怀、过一种道德的生活、成为自己的灯塔。即使世界再也不兑现它曾许给我的承诺，至少我拥有过不辜负自我、照亮自我的生活。

许多、许总和老许许昌美

61岁,一个在"地产行业变迁"下,体验"人生过山车"的小小包工头儿。

我叫老许,许家印的许。还有另外一个外号,叫许多。他们说我女儿多,所以叫许多。我是四川巴中人。那个年代,从我们那个地方,能够走到大城市,而且还是把一家人都带到大城市的,没几个人能办到。虽然我文化不高,但是至少我办到了,这点我还是觉得自己很牛×的。

前些年,房地产行情好的时候,好歹也算是"一匹总",

不吹牛地说，走到哪里都要被人叫一声"许总"。每次回乡，我都是很自豪的。衣裳角角都可以铲死人的那种自豪。

我从2006年来到重庆，为了混口饭吃，在工地上找了个小工的活路，主要就是担灰什么的。那个时候对这个行业真是一窍不通，什么都不懂。后面随着时间积累，加上平常时不时自己琢磨，慢慢掌握了其中的奥妙。当时重庆有个"高层外墙不允许贴瓷砖"的新规定。我发现了这个商机，逐步在涂料这个行业站稳了脚跟。不得不说，我还是有一点生意头脑的。重庆的唐家院子那边的项目是我的第一个工地。一开始是包人工，算是小老板，慢慢起步嘛。2007年到2008年期间，去宜宾做了十几万方的涂料工程。遇到2008年的金融危机，辗转一圈，又回到了重庆。

回到重庆后，逐步从包人工过渡到了双包，也就是包工包料。双包利润大。慢慢做到2011年，地产黄金十年开始了。那个时候的地产，是"人有多大胆，地有多大产"，行业内的管理也没成规模，没成体系，但国家要高速发展城镇化，只要能拿到业务，闭着眼就能挣钱，付款条件和节奏相当好。2011年到2017年期间，做了很多公租房和房地产开发项目的保温涂料双包工程。如日中天的时候，说没挣到钱，是骗人的。我也算是站上了风口的那帮人，自己认为算是走出来了，打下了一片天地。

俗话说得好，打江山容易，守江山难。现在回头看来，我又何尝不是呢？你说这要全部都怪我自己吗？我想也不尽然。2019年年底，疫情来临，我们国家迎来了最难的三年，那也是我开始走下坡路的三年！毫不避讳地说，我的人生转折点也正是这三年。到了2020年，房地产还在高位，看不出任何风险，但拿业务的条件已经越来越苛刻，竞争越来越激烈。甲方要求带资合作，活儿还没开始干，你就要先交大几十万或大几百万的保证金。业务很难找，一方面我心里开始着慌，但看看行情，又生怕比别人晚一步，就少挣一个亿。为了拿到一个绿地的后期工程，我相信了甲方领导，答应不签任何合同，做一个"半停工无人接管"的外墙工程。不出意外，甲方不认账，总包跑路，硬亏了100多万不说，绿地的后期工程业务也没有兑现。

亏也亏得起，但我不信命。我希望通过后面的生意，填补前面的窟窿。我相信我还可以翻身。我当年孤身一人来重庆打拼，光脚打出一片天地。这次为什么就不可以？

2020年到2024年期间，不断进行各种尝试。2020年承包了璧山青杠的工程业务，又回老家拿了村里的化粪池工程业务，还想养牛；2021年又接了南川恒大滨城的工程。疫情三年，时刻梦想翻身，但总是事与愿违。璧山的合同金额是520万，最后结算时砍成360万，还没有足额支付到位，导致巨额亏损；恒大爆雷，我的本金连个泡都不响一声就没了；化粪池工程做完了，尾款到现在还遥遥无期。

我觉着这几年是我把前面的所有运气都用完了，哪里都不顺。过年别人都是老婆娃儿热炕头，我这样的人只能守在建委的清欠办办公室，望眼欲穿，期待着奇迹到来，最后还是失望而归。大年三十，对着自己的家人，无话可说。"许总"又变成了"老许"。

我为什么走到这一步？我自己也做了一个复盘。其实对于收工程款，我老许自认为对得起天地良心，不管我的工程回款有多少，我都是优先紧着我自己手底下的那帮工人，他们是用血汗辛苦挣来的钱，我不挣钱都不能亏待了他们，毕竟以后可能还有合作的机会。我每次都是这么想的，确实也是这么做的。但我知道，其他大多数老板都是优先把自己的利润装包里，吊着工人的钱，让他们再去帮自己去要。我相信我这样做肯定更稳妥，但最后受伤的也是我自己。手底下那帮工人拿了钱也不理你，不再帮你要钱了。人呐，有时候就是这么现实。

欠我钱的人，日子过得都比我好。绿地这边的官司是打赢了，但是法院说对方没资产无法执行。欠我老许100多万的总包老板，早就离婚了，女儿在美国，资产全部转移了。说是被限高，成了失信人员，还是花天酒地，日子算是过到了天上去。璧山项目的老板天天开游艇，把法人换成了一个没有资产可执行的裸人，逃避债务。另一头，银行一直在催债。属于我的收不到，我借的还要承受额外高额利息。夹在两头中间，好难受。

现在真是手足无措，不知道去哪里收这个钱。几百万啊。现在完全就是"吊着腊肉吃淡饭"，别人欠着我钱，我拿不到，银行咬着我本息不松口。我现在感觉自己遍体鳞伤，负债累累，有种喊天天不应、叫地地不灵的感觉。很无奈，也很无助，更不知道去哪里说理。

我今年六十好几了，现在可以说是身无分文，又回到当初才来重庆打拼的处境。我们四川人有句话说："只要有口饭吃，就不能涮坛子，日子总得过下去。"你说是吧？不管怎样，日子艰难也得过。说不定哪天就翻身了呢。

如果·爱 ○ 李红 罗翔 赵宏勃 陈碧

年轻时一起读书学习,中年后一起撰写法律评论,向公众普及法律知识,拒绝将法律悬置于高堂之上,而尝试深入现实的复杂,将法治之光打在每个个体身上。2017年年初至2023年年末,在澎湃新闻共同写作普法专栏"法治的细节",产出近260篇作品,也产生了很多社会回响。专栏完结于《纪念江平老师》,但"法治天下"的梦想永存。

我们四个人有个微信群叫"××茶园",是罗翔建的。起因是某年他被邀请参加某大厂冠名的品茶读书活动,说要带我们仨去茶山论道。一说到玩我们都很雀跃,为此赵宏还专门买了汉服。她说茶山上坐着穿西装不搭,还怂恿我也买一套。万一去不成呢,我没买。结果出现了墨菲定律,茶山论道黄了。不过,这个群就留下来专用于组员之间交流八卦以及愉快而含蓄地夸夸和含沙射影。说含沙射影大概是这样的:"赵宏,你那个汉服的置装费有人给报销吗?"

前几年我们为澎湃研究所的专栏"法治的细节"写稿,贡献了最大的热情和最快的速度。媒体报道一个法律事件之后,相关评论几乎立等可取。在这个专栏结束之后,我们又在凤凰的风声公众号下建了个小栏目"法治理想国"。有人猜这个名字是罗翔起的,因为他有一阵儿言必称柏拉图。确实如此,可他赐名之后却赐稿变少了,赵宏作为组稿人经常抱怨:"这栏目主要是我和陈老师两个妇女在工作,那俩男的,一个周期性地沉默,另一个只在'六一'儿童节和宪法日出来发言。"另一个指的是李红勃,我们叫他未成年人之父和宪法之友,温和可靠的男人,就是写作速度慢点。

前几天山西大同"订婚强奸案"引发了巨大争议,法学圈里也争得很热闹。罗老师没有发声,我也只用笔名发了一个针对"厌女"的思考。事实证明,我们在理想国里都变怂了。赵宏说:"怀念'细节'还在的时候,那个下午咱们几个蹲守老罗天塌下来的文章,多好啊。"她说的是罗翔写的那篇关于拐卖妇女罪的评论文章,文中有一句,"如果天塌下来,正义才能得到实现,那就塌吧",令人动容。他写一段我们看一段，单主编也在线等着。发完稿，感觉完成了件人生大事。但这种时候不太有了，遭遇了若干次网暴之后，他缄默的时候变多了。当然，也接受了被误解是常态，该写还是要写，毕竟有时候不发声也会被骂。"如果你连呼吸都是错的，那还不如说点什么呢。"群里经常有这样不着调的安慰和打气，所以没有力量也会生出力量来。

所以下面会写到正题，关于友爱和友爱的梦。这个梦是从我们群里讨论北理工老师出轨案引发的。网友们总说："有人为你剥过柚子吗？有人雪地里等你吗？有人为你小心翼翼吗？有人为你整夜失眠吗？"我们嘻嘻哈哈说："这是性剥削还是真爱？"潜水的老师不潜水了，发来一句短小精悍的话："爱不是罪恶的挡箭牌。"

这句话出自C. S. 路易斯，在他眼里，情爱会有扭曲，携带着仇恨的种子。即使是亲子之爱，也是盲目的，带着双刃的属性。而爱一旦变成上帝，亦会沦为魔鬼，我们眼见的许多罪恶都借着爱的名义。而友爱，是类似天使之间的爱，不为本能所左右，不为生命所必需，在共同追求的旅程中，朋友们见证了彼此面对考验时表现出的真实的样子，从而萌发出对彼此的欣赏。在完美的友谊中，每个人都在其他人面前深感自己的卑微渺小，总之友爱的世界是一个自由选择组成的光明、宁静、理性的世界。

"真美啊，"赵宏说，"我昨晚做了个梦，梦见了你们中间的一个人，颤颤巍巍走过来就晕倒了，我扶起他，他说我最近血糖低……"

李老师回复说："扶我起来。"

倪闽景

万物何以收藏

复旦物理系毕业时，曾在舞台灯光设计师和物理老师之间纠结，结果物理一教就是18年，也让我发现，知识不是"灌"出来的，是"玩"出来的。后来在市教委工作，让上海80%的高中建起创新实验室。现在当科技馆馆长，把标本化石送进学校，还计划做1 000个小实验，目前已完成100多个。目前在研究用薯片筒做天文望远镜，下次见面或许送你一个？

作为上海科技馆、上海自然博物馆、上海天文馆三馆馆长，我一直有个梦想，希望我们能够拥有更多高质量的藏品，拉近与世界顶尖自然科学类博物馆之间的差距。目前我们的馆藏约31万件，而美国国立自然历史博物馆、伦敦自然史博物馆、法国国家自然历史博物馆都是千万级别的藏品量。藏品是博物馆的根，博物馆里所有的教育、展陈、研究和文创活动都是基于藏品开展的,藏品的差距是上海科技馆三馆最迫切要改变的痛点。

近年来,科技迅猛发展导致科技产品迭代加速,是科技类藏品收集最好的时机。如果所有新的手机、新的电脑、新的汽车、新的家用电器、新的机器人等科技类产品,都能成为科技馆的馆藏,这个数量就是非常可观的,如果能够把相关科技产品的设计图纸、宣推广告、使用场景等元素作为协同收藏的话,那更是天量的收藏资源。这些收藏,可以留存快速演变的科技发展过程,其中蕴含了大量创新思维和精神文化,一方面会成为科学教育十分珍贵的实物资源,另一方面也是未来科技史研究不可再生的实证资源。

但是科技类藏品与文博场馆的文物藏品之间存在很大的不同。文物由于其稀缺性,随着时间的推移往往会不断升值,而科技类藏品往往会产生贬值的情况。究其原因,一方面电子类科技产品往往数量巨大,缺少唯一性;另一方面电子类科技产品的维护保养千差万别,其背后往往是一个巨大的供应链体系,时间久远的藏品一旦损坏就很难修复。因此,要提升科技类藏品的品质和收藏价值,最重要的是实现三方面的突破:一是赋予科技类藏品以文物的价值,比如著名科学家、艺术家用过的手机、家用电器等；二是赋予科技类藏品特殊的身份，比如第一号发动机、实验室研制的第一块芯片等；三是形成系统化的科技类藏品的收藏标准，经过专业审定实现分级收藏的机制。

当我把藏品倍增计划之梦告诉公众和朋友们的时候，得到了很好的响应，这也是数字时代媒体力量的体现。上海核八所捐赠了两枚北京冬奥会的红色火炬"飞扬"；深圳华大基因捐赠了系列基因测序仪……越来越多的企业、公众和收藏家开始把藏品送到科技馆、自然博物馆和天文馆。

藏品是需要收藏空间的，大多数博物馆展出的藏品大概只占收藏总量的1%，大量藏品都深居库房不与公众见面，一方面影响了藏品的作用发挥，另一方面也减少了收藏新藏品的动力。在推出藏品倍增计划之际，我更做了一个把藏品送到中小学、商场、社区展出的大梦——启动了"一平米博物馆"项目，就是把馆藏藏品形成一个个小规模的博物馆。在发挥藏品的教育功能的同时，也把我们的库房腾出来，可以接纳更多新的藏品，为藏品倍增计划腾出空间。迄今为止，已经有了几十个"一平米博物馆"，有"飞翔蓝天的恐龙一平米博物馆"，有"铅字心跳打字机博物馆"，还把亚洲最大的长须鲸骨架标本送到了一所小学，做了"鲸彩世界长须鲸一平米博物馆"。

万物皆可收藏，未来所有商场、学校、办公场所，都会像博物馆一样，收藏和展示将成为人们留存情感和记忆的普遍方式。我梦想，全国所有博物馆能够藏品越来越丰富，而这些藏品也能够走出库房，来到大众的身旁。

买到一个好梦

李泓冰

做了一辈子的媒体人,然而从小的梦想,一是做妈妈,一是做老师。10岁就煞有介事在家里开"育红班",强行给一群四五岁的娃娃讲课,其实是人家家长找个带娃的 baby-sitter 而已。好在两个梦想都实现了。

一个朋友说,又梦见了中学的大考,而且总是做不出最后那道题……她说好像很多人都做过这样的梦。

我从来没有。她说我这是学霸"凡尔赛"。我说我的噩梦比这可怕得多,年轻时就老是梦见走着夜路,会冷不防窜出一个丑怪的侏儒。以至于当年一度不敢合眼,生怕一入梦,那个侏儒就狰狞着扑过来。"一天早晨,格里高尔·萨姆沙从不安的睡梦中醒来,发现自己躺在床上变成了一只巨大的甲虫。"——后来读到卡夫卡《变形记》的这句开头,我特别能感同身受。

后来大约心智成熟了,侏儒消失了。然而四五年前,它偶尔又会从暗夜里窜将出来。女儿冷静地分析说,你这大约是焦虑的人格化。

我经常和女儿说梦话,交流彼此的"梦"。

从女儿四五岁开始,她就用她的"梦"来换零花钱。每天早晨她第一件事就是叙述她夜里的梦,有的平淡,有的奇谲,按质论价,从0.5元到3元不等。记得有一次她说她梦见她生出一只猫——好吧,大约这便预示着她日后成了一位标准猫奴。她在异地打工,平时"相亲相爱一家人"里的聊天,她不大理睬,但谁发了和猫有关的视频,她必秒回。她平生志向,便是赚到足够的钱,便去开个流浪猫养护中心之类的。

惜乎她一直没有得逞。

有一次她的梦卖了个好价钱。她梦见穿越回了我的童年,而且是在"最高指示"发表的某个兴高采烈的庆祝游行队伍里,看到了打着彩色纸灯笼的小小的我——这一定是我之前和她聊童年逸事，说当年不知为什么"最高指示"总是在夜里发表，发表后总要游行庆祝。我记不得都指示了些什么，就记得大人们喊口号，小孩子可以名正言顺不睡觉，在队伍里穿来穿去跑得满身是汗。让我无比痛楚的一件事，是在一次欢呼的夜晚，我不小心把我好不容易央求爸爸给买的一个彩纸灯笼给烧了，是在奔跑中里面的小蜡烛歪倒、引燃的。那盏可以如手风琴般折叠自如的美丽的灯笼，让跳绳、耍拐、丢沙包之类干啥啥不行的我，在小朋友们面前倍儿有面子。结果，"面子"一霎时就烧没了，只引来了围观小朋友的惊呼和嘲笑。那时我七八岁。

所以女儿就穿越到了手足无措、欲哭无泪的那个小姑娘面前。

她说她张口就叫："妈妈，我是你未来的女儿。"还试图安慰我：后来你会买到很多比这个好看太多的灯笼。

她说我含着泪无比震惊地看着和我同龄的她，说："你是一个神经病，我不认识你。"

她说队伍里的人看着她如同看一个外星人，因为她穿着泡泡纱的花裙子，在一群"蓝蚂蚁"中极其扎眼。

她说有人开始骂她，她说她一生气就去找最爱她的外婆了。她敲着门:"外婆,是我呀!"(我脑补出反向狼外婆的童话画面)年轻的外婆开了门,看到这奇装异服的小女孩,同样十分震惊,但耐心地听她说完缘故,听她说将来外婆你也会用手机,你还能坐大邮轮去香港和东京旅游呢!外婆摸着她的脸可怜道:"孩子,我带你去派出所,你告诉警察叔叔,是谁教你说这些可怕的话!我怎么会游去那种坏地方。"

这个梦赚了我3元钱,也搞得我那一天都变得恍恍惚惚的。

我和我女儿最大的不同,我好吃,她不。她说她对吃的没啥兴趣。夏天可以靠西瓜、水蜜桃活着。我不行,无肉不欢。

小时候,口中淡出鸟来。实在太馋,老妈会给我这个老么儿舀上一小碗当时非常珍稀的粳米饭,晶莹润白,仿佛自带油光,喷香。再淋上一小勺酱油,拿筷子拌开,纯白的米饭就有了丝丝缕缕的酱色,让人垂涎,我急不可待嚷着要吃。我爸会神秘地"嘘"一下:"小点声儿,这是'保密饭'——只给你一个人吃的!"在米香和酱香中沉醉的我,便有了几分自得的优越感。极难得的,哪天家里熬猪油——当时买肉凭票,家家都抢肥肉,为的是回去熬油,聊补"每月三两油票"之亏空——我妈会给"保密饭"加上几颗煎得金黄的猪油渣，和着饭一起咽下，满嘴油香和肉香啊，小心脏都会幸福地漏跳几拍……

后来，看日本电视剧《深夜食堂》，说有位米其林餐厅的美食评论家，专门要吃剧中大叔做的黄油拌饭，缘于童年的一段朦胧恋情。看着那一小块黄油，在热腾腾的白米饭上慢慢洇开，再滴上几点儿酱油，美食家迫不及待把第一口饭扒进嘴里，神情极是满足，念叨着这是无法用星级来评判的美食——我一激灵，这不神似我童年的"保密饭"吗！

女儿从来不曾有这样对食物的极致渴望。

一代人有一代人的梦。我8岁就梦想我要生一个女儿，而我的女儿8岁会梦见生了一只猫。

不过我们倒有一个相通的爱好——苏东坡，都喜欢他"竹杖芒鞋轻胜马"的惫懒劲儿。我和女儿聊过元宇宙，我说真有那么一天，可以自如地"上穷碧落下黄泉"，我得买个可穿戴设备，穿越千年，到北宋去和苏东坡聊聊为国减肥的事，他说"多病休文都瘦损，不堪金带垂腰"，显然是在炫耀某种骨感美；再和东坡一起上溯五六百年去找休文——南梁的沈约，怎么做到"百日数旬，革带常应移孔，以手握臂,率计月小半分"的,拉着两位搞个减肥诊所,必然大火……

女儿大笑,说你知道吗,这种热衷想见某个古人的,现在有个称呼——"史同女"。河南安阳的曹操高陵,堆满"史同女"献祭的布洛芬——因为曹操一生苦于"头风",即偏头痛啊。

好吧,什么神圣都能消融,什么渴望都能瓦解,什么梦想都能实现。对这代娃来说,真好。

很晚了,我拗了半粒思诺思,期待一个好梦。

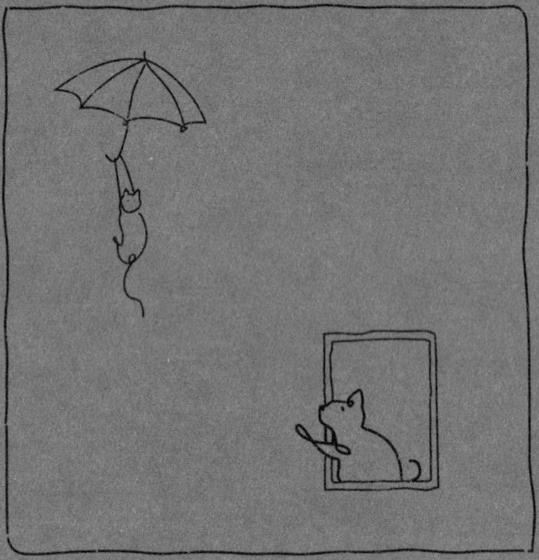

荒凉的，
挚爱

陌生网友通过问卷联系我,
表示可以回答我关于梦的奇奇怪怪的问题,
这是一个坐标<u>黑龙江大庆</u>的30多岁家庭主妇反复梦到的场景。

    总能梦到初中时期的一个同学,看不清脸,但是很清楚是这个人。

    梦里很激动,很开心,有一种情窦初开的感觉。

    但是更多的是遗憾,当初没有把内心想说的表达清楚。

陈梦扬,记者。

终于减肥成功,整整 100 斤。这个数字如此具体,镜子里那个陌生的身影让我怔住了——原来我可以是这样的。

开始了自己的情感实验,想参加实验,必须带着体检报告:185 厘米以上,要有轮廓分明的腹肌,接受过良好教育,年龄至少比我小 10 岁。澳大利亚医生来了,上海红圈所的大律师来了,还有 15 岁就留学海外的金融精英。24 岁的电气研究生弟弟用他笨拙的真诚,让我重温心动的战栗。

也有例外。我允许一位年长 4 岁的已婚男子踏入这场实验。他在五星级酒店铺满 999 朵渐变色玫瑰,说自己是捡漏的幸运儿。但吸引我的,是他那颗性感的学者大脑。

要是没有梦醒时分该多好。减肥实在太累了。

楚小静，女，白领，现居北京。

梦到彭于晏追我，两人的暧昧气氛达到顶峰时，我突然想起来自己已经是有夫之妇。

我竟然结过婚了！

我告诉彭于晏，他很生气，让我去离婚。但我老公打死不离。

不知道是生气还是着急，醒了。

整个周六的早晨，一直很生气。

陈菱怡，导演。

当时有个说唱节目叫《说唱新世代》，我迷上了里面的一位说唱歌手。和所有追星女一样，我去微博给这位歌手发私信。连发了好几天，他的人工回复变少，自动回复变多。

就在痴迷于说唱歌手的这段时间，一天晚上，我梦到，自己发了段音乐的 demo 给他，音乐名叫"夜里溜出去"，说唱歌手听了我做的音乐，让我加他 QQ。于是他就在我的好友名单里了。

醒来我做的第一件事，就是把这个梦通过微博私信发给了说唱歌手。顺便也发了自己的导演作品集，说想给他拍 MV。结果真加到微信了。和梦里面一模一样。

拥有社交媒体最神秘和最普通网名的这位 momo 给我激情留言，分享她的梦。

整个编辑部都被她逗笑了。

梦到郭冬临开演唱会，我还要抢前排票。

我确定是郭冬临，不是林俊杰。

我清楚记得梦到了他的光头，但是我不理解自己为什么要抢前排票，更不知道他会在演唱会唱什么。

梦里我的消费欲望真是强得可怕！

刘洋,潜水教练,前互联网人。

要带一对情侣通过全是僵尸的走廊。我请了一个跑得快的人,让他先跑,吸引僵尸,让我和那对情侣趁机混过去。

好不容易通过走廊,到达大厅。我问情侣为啥要来这里,他们说这里特别适合吵架,要来这里吵一架。

河边少年

杜强

1988年生于陕西渭南,正统小镇做题家,从村庄小学漏风的瓦房开始,完整走过小镇、县城、省会、北京的每一个层级——曾经自怜地以为,这是一个人所能经历的最艰难的事情。而在成为特稿记者之后,试图在写作中完成对经验的酿造,也意外发现,其实并不曾束缚于过往。如今努力在智识和情感层面成为一个自由人,"想到故我、今我同为一人并不使我难为情。在我身上没有痛苦"。

每当有朋友谈及失眠,我总感到一丝羞愧。为了解释这一点,不得不提到我爸。

大概15年前,我妈从楼梯摔下来,伤了脑袋,在医院昏迷,可以说生死未卜。夜里我爸负责陪床,经不住困倦(可以理解),他竟也躺上了病床。后半夜,同屋病友被一声闷响惊醒,发现我妈已被挤到了地板上。可惜,也并未当场苏醒。

听完段子，朋友往往很惊诧。我告诉他们，由于继承了我爸的天赋，没有任何事能阻止我睡着，而愧疚的意思是，这世界有那么多睡不着的理由，生活的忧愁哀戚没有放过任何人，而我却不为所动，搞不好是种灵魂的缺陷。至少，它让人显得有些浅薄。

我不仅睡起来势不可当，而且十分深沉，连带效果是极少做梦。我有些尴尬。梦是浪漫的，而失眠似乎有着病态的魅力，如同19世纪文学中让人白皙柔弱的肺结核。当然，这番怪论朋友只当哗众取宠。

在我稀少的梦境里，却有一个场景反复出现。

我妈摔伤时，他们才进入城市不久，开了家麻将馆，在一处拆了一半的城中村，有四张桌子，一场收20元的茶位费。冬天时，我妈收留了一个流浪的少年——我不知该怎么称呼，就叫作"少年"吧，实际上是个小偷。她在麻将馆腾出一间脏兮兮的、弃置很久的屋子，少年就睡在杂物和垃圾中间。

周边麻将馆很多，彼此间为争夺客源爆发了卑微的商战，我妈负责端茶倒水扫垃圾，而我爸总是很憋闷。某一天，不知为何，我妈收留的少年竟撺掇牌客们去了另一家麻将馆。

苏醒之后，我妈回忆说，那一天直到下午也没有客人，她心神恍惚，倾倒脏水时没站稳，从两米高的楼梯摔了下去。可是为什么要收留他呢？我在病房里问。她说，当看到少年第一眼，就想到我一个人在外地读书。"在北京读书，不是逃荒、走西口。"可我也知道，这么说并没有什么用，那几年他们被生活折磨得够呛，无论看哪里都感前路微茫。

说话间，我妈的眼睛忽然望向门口。少年正站在那里，手里提着塑料袋，大概是几只苹果。他的脖颈和腮帮黑乎乎的，外套上的人造革被撕裂了一大片。我看不懂他的表情。不是歉疚，他生存的地方不容许这种情绪。

离开医院后，我回到了麻将馆。待拆迁的旧楼背后是河边的荒地，草已枯黄，未结冰的河水显出清灰的色彩，远处的村庄里有炊烟升起。站在岸边，我感到茫然而平静。梦到河边荒地的次数一只手都数得过来。可我觉得，以后一定还会一遍又一遍地梦到。

我可能从来没有原谅她

Alessandro Ceschi

中文名亚历，意大利帕多瓦人，1993年生，天秤座，AC米兰球迷，现居广州。有两个姐姐，是家里老三。从小喜欢写作，星期天自制关于足球赛事的报纸，周一带到学校卖给同学。本科学传媒，兼职做体育记者，因报道南京青奥会首次来中国。2016年搬到北京，从零开始学中文。在中国生活的六年期间，学过电影，做过群演，拍过广告。2020年，以"ale"为名开始用中文写作并在豆瓣发表，记录在中国遇到的人和故事，2024年出版《我用中文做了场梦》。

如果说梦里一切白日生活的秩序都被扰乱了，在我的梦里，这样的过程是从语言系统开始的。大多数时候，我的梦像一部译制片——所有人，不管是哪里人，都很少讲自己的母语，反而讲一口流利的汉语。我小时候在意大利的同班同学也不例外。梦里好像不讲究加字幕。为了便于剧情和对话的丝滑推进，这样一刀切的配音处理似乎有它的道理。

昨晚，轮到我二姐在梦里出场。梦的地点是我爷爷奶奶的院子。我找二姐聊，商量要买一瓶什么样的酒送礼，不记得是送给谁。她礼貌地回应了，给出了点意见，我们算是有了个方案。随后，我到了阳台，从那里，我站在上帝视角俯视院子。我听到二姐小声抱怨我找她聊这些真麻烦，她今天还要上班呢，不像我这样闲。我感到深深的痛苦。有被这个我原本以为亲近的家人冤枉的感觉。我从阳台探出身子，像在球场的看台一样，开始骂她。

我应该和她说了很多，但我记得最清楚的是我临时切换到英语，接着多次向她叫喊的一句话："You are so mean!"你太狠心了，你太没有良心。要是这场梦背后有导演，他应该是想把故事的重点放在我的愤怒上，因为后面就没发生什么了。我几乎是带着耗不完的怒气对二姐重复自己的委屈,直到醒来。

在我的生活里,二姐一度和我很近,后来变得非常疏远。很近是在我上小学前。比我大3岁的她教我读写,还会凭借年长的权威给我布置作业——我不做的话,二姐会在我的本子上写下声明,要求爸妈签字。她是我那时最固定的玩伴,天天和我一起玩宝可梦卡牌。我没有想到,随着二姐慢慢长大,她的人生轨迹也远离了我:和她有着更多共同话题的学校同学陆续代替了我。我那时没有向她叫喊,但心里是很不解的。原来这么亲近的人也会离开?

发生在童年的变化,我不知道是否能拿来解释之后20来年里有些僵硬的关系。这甚至接近先有鸡还是先有蛋的问题:我们两个人不太合得来,是因为小时候那样疏远了,还是小时候疏远,就是因为我们性格不太合得来?

大学毕业以后,二姐的人生选择似乎有一条很稳定的主线:什么行业都行,符合她的能力并能满足她的物质需求就可以了。她负责数字营销,卖过咖啡,卖过珠宝,现在卖百事公司的商品(像她自己这样放盐都要用秤量的人,她想方设法去营销的零食,当然不会出现在她自己的厨房里)。我从她选择读经济专业时就觉得我们不是一路人——她只管赚钱，对工作的内容或社会价值没有什么期望。我的态度几乎相反：只要能做自己觉得有意义的事情就行，钱是可以想办法的。从体育新闻到写作出版，赚不到钱的行业我都踩上了，也从中找到了自己的价值。这么一看，我甚至怀疑，难道自己选择的路，只是为了和她对着干吗？

在如今的现实生活，我无法想象像梦里一样敞开心扉，对她表达我真实的感受。唯独在六七年前的一次，我做心理咨询时聊到了和二姐的关系，咨询师建议我给她写信。我顶着不好意思的心态去写了。我先说清楚了，我不是来责怪她20年前的行为，我只是想和她同步我的心理活动。她说，这么多年，一直觉得无法和自己的亲弟有一个"正常的关系"，确实很可惜。那次我在北京，她在米兰，我们是通过邮件交流的。那的确是20年来最真诚的一次对话，但不幸的是，那也是最后一次。像交完作业一样，在那之后，我们又退回到各自的生活，也没有再敢如此主动去靠近对方。

现在见面的机会少了，但当我们在意大利老家相聚时，如果二姐说的话呈现她对某个社会问题的漠然，仍然会让我感到很烦——你就能活得这么简单？下班练普拉提，周末出游骑马，同时你的公司在中东的行为正默许着什么样的灾难？

年初二姐出差到纽约，那会儿有个美国医保公司的CEO刚在路边被人枪杀不久。我就在饭桌上和二姐提了一句，在纽约的时候，最好别太靠近公司的CEO了。她不知道那个新闻，所以没反应过来。不能说是期待她有坏事发生，但我希望她塑料般的生活被现实影响，扰乱。我可能从来没有原谅她。

梦里依稀做题家

○ 张明扬

> 几年前就年过四十了，仍（自愿）被称为青年作家/新锐历史写作者。一直想换，又想不到更好的title。毕竟"资深媒体人"已成票房毒药，所以还是拿作品说话吧。算算也有十本书了，最满意的是《弃长安》《崖山》《入关》，还有刚出版的《大争之世》。

从19岁那年开始，我就反复地做着同一个梦。

19岁前，我的成绩一向不错，但在重大考试中往往都是发挥失常，无论是小学进初中，还是初中进高中，都是铩羽而归，最后进了一所充斥着中考失败者与复仇情绪的民办高中。

高中就要住校，7点不到就要上早自习，9点半下晚自习后才能回宿舍。在早自习教室里，我扑闪着还没完全睁开的小眼睛，看着周围露出坚毅眼神、就差凿壁偷光悬梁刺股的同学们，有一种羊入狼群的恐惧感：我要一直这么生不如死地过上三年吗！

他们都是勾践，可我想当夫差。

高中时不做梦，就算有梦，也都是关于西施的梦。

高考一考完，我就去了三舅舅家，名义上当然是找表弟玩，但我更是为了避难。我心底的深层恐惧是：我这次会不会又一次发挥失常，然后回家遭受爹妈的冷眼与羞辱，终日夹着尾巴做人，因此在舅舅家能多躲一天是一天吧，等爹妈第一波的戾气在互相埋怨中耗散掉再回家。

某一个晚上，我从大舅口中知道我的高考分数，竟然是以高出自己正常水平20分的分数，考上了一所本省的985。

我上半辈子的所有失常，原来都是为了这时的超常。

于是，当晚就收拾书包，拒绝了欣喜若狂的舅舅一家的挽留，默念"他时若遂凌云志，敢笑黄巢不丈夫"这首爱诗，趾高气扬地回到家中。

但可能仅几个月后，我就第一次做了那个梦。

梦的原始版本已经记不太清了，颗粒度对不齐了，但好在脉络分明：在梦中我又回到了高三，还有几个月就高考了，但我的数学还完全没有复习，我一天天焦虑着，但就是赶不及做完该做的卷子，我在梦中哭喊、嘶叫、颤抖、崩溃，等到走进考场，我知道一切都完了……

一般就在这个命运摊牌的时刻，梦醒了。

醒来时，我一身冷汗，却又哑然失笑：高考，可是我的人生巅峰。

我那时候哪里能预料到，这个梦我竟然反复做了至少20年。

当然不可能每次的细节都一样，每每惊醒，我有时会大概复个盘：除了自然回到高三，还梦见过大学被退学，因此被迫重回学校高考；最折磨我的梦境细节是，我明明知道自己应该赶快复习，但就是一天天地拖下去，以至于整个梦都极度焦虑，有一种末日审判即将到来的感觉。

但一个不变的细节是，那门没复习的课总是数学，但在现实中，我高考分数最高的就是数学。

有很多童年常做的梦也与这个"万梦之梦"交织在一起：比如，在考场上，突然尿急；比如，考试迟到了；比如，铃声响了卷子还没做完……

前两年，看了电视剧《开端》之后，我才有些恍然大悟：我被反复抛回高三，不断经历着时间循环，竭力阻止着我的人生下坠。

这个梦我做了几十次上百次，但没有一次，我笑着走出考场。

高考于我已经过去20多年了，但在梦中，我的人生定格在19岁：永远走不出的高考。

一直到40岁，我都在做这个梦，心有余悸地醒来，一脸的劫后余生感。有时，我还会在梦中战栗呼喊，把睡在一旁的妻子惊醒，但她也不知道我究竟喊了什么。

后来我才知道，妻子也经常做着类似的梦，也做到了40岁。

我和她，都是世俗意义上的高考成功者，却在心底的最深处隐藏着一些不可名状的回忆，等待着深夜的召唤。

这个梦魇，或许就是我人生的另一个平行世界：如果高考失利，我在哪里，我还是我吗？

无论我如何嘴硬，我的人生不会被一次高考定义，才华与努力总会被看见云云，但梦境不会说谎：在我的潜意识中，我人生至今为止大部分的幸运与成就，都是一种巨大的偶然，一次高考的失利，就可以轻易地毁掉一切。

这是一个做题家的梦，他和妻子都很幸运，有着梦外人生。

年轻的朋友

○ 西坡

原名程仕才,1988年出生于冀鲁豫交界处山东侧一座平平无奇的小村庄。自幼顽劣却胆小,到中年发育仍未完成。小脑与四肢不发达,有丰富证据,大脑自诩发达,证据不明显。先为媒体人,后为自媒体人,或称自由职业者、新就业群体。心态在有业、无业之间随机切换。擅长自我说服、自我原谅与自我感动,相信人最可宝贵的是自身的可流动性。

不知道怎么回事,我又回到了北京,在一间出租屋里。

一整套里的一个小单间,看不出墙是原有的还是后加的,敲一敲就能知道,但我没有敲。

房间里只有我们两个,我和一位年轻的朋友。好熟悉的朋友,却觉得有点陌生。他的声音好稚嫩啊。关键的不是声色,而是语调。他还不知道该如何像一个成熟的男人那样说话。他在说话，但不是和我。

他手里拿着手机，人坐在床上，手机开着外放。电话另一头感觉是一位和我年纪相似的中年男人。

听了片刻，我明白了。我朋友遇到了事情，要提前退房。按照合同，押一付三，谁违约谁赔偿对方一个月房租。他愿意承担这个损失。问题是，按当时的市场潜规则，押一付三之外，还要提前一个月付房租。也就是说，哪怕住到这季结束，房东手上还攥着两个月房租的押金。

从房东的语气来看，这两个月房租他一分不准备退，交接时假如查出哪里有损坏，还要勒索更多。

从我朋友的语气来看，他已经默认了要吃下这个明亏，只是还心存侥幸，希望对方能发发善心。所以他嘴里不时吐出些"不容易""可是""唉""好吧"……

突然有一个词窜入了我的脑海，在生活和文章里我都几乎没有用过的一个词：嗫嚅。

我终于受不了了，把手机夺过来。现在是两个成年人之间的对话了，不要像欺负新瓜蛋子一样欺负我。我自报了家门，甚至添油加醋强调了一下自己的身份。我是做给对面，也是做给面前的朋友看。

我朋友好像松了一口气，也好像丢掉了一颗雷。这时候我才意识到，假如不是我在场，他应该早就直接认倒霉了。他也是在向我表演，自己尽力了。

电话里那个人，口气也软了下来。我向朋友一扬头，胜券在握。

胜利的感觉没持续多久，当聊到到底退多少钱的时候，对方又开始兜圈子。渐渐地，我从对方的客套里听出越来越确凿的无赖。

到最后，我感觉到他已经不是在羞辱我的朋友，而是在羞辱我自己。那些话翻译过来就是："别装了，我知道你没什么能量，吓唬谁呢？"

突然我就醒了。没来得及看那位年轻的朋友最后一眼。

夜还黑着。妻子躺在身边，安静地呼吸着。摸出手机一看，还早得很。怎么都睡不着了。虽然我已经知道我在苏州，在自己的房子里。我已经7年没住过别人的房子了。最近听到租房这个词，是朋友讲把房子租给别人的事。

我翻来覆去，这个梦到底什么意思，那个朋友到底是谁？

答案很快拽住了我，那就是我自己。在梦里我试图帮助年轻时的自己，却只是证明了我依然处于无能为力的位置。

"那个房东的无赖、油腻、蛮横的嘴脸，穿过电话、穿过梦境传给我，一下子把我拽回那种置身最底层、没钱没社会经验、谁都想踩你一脚的记忆里。"天亮后我发了一条朋友圈。我还说："命运不想让我忘掉来时路啊，确实也不该忘。"

为什么我会在这个时候，做这样一个梦？事后我试图解析出更多的信息。

我有一个猜测，迄今不能确定是不是自我安慰。我猜，漂泊晃荡了这么多年，见识了这么多人和事，现在的我终于有了足够的安全感，才敢回头去看见那个年轻的手足无措的自己。

我的理由是，人在最无助的时候，是看不见自己的无助的。

有人说，没有讲述过的事情，就等于没有发生过。我们不会讲述自己的局促、羞赧、尴尬，所以这些事在记忆里就被跳过了，或者说，被掩埋了。

"项王瞋目而叱之，赤泉侯人马俱惊，辟易数里。"项王是命运，赤泉侯才是我们。我们的眼睛重获光明时，已经在数里之外了。这个距离于我，就是从北京到苏州，从青年到中年。

在水里

章文立

> 二字头的年纪里漫游五大洲，采访连环杀人案，开客栈，忙得不亦乐乎。30岁前后母病父亡，经济破产，对精神"而立"有了非常深刻的体验。一度抑郁，但实在是收获太多的爱，好得也快。当前第一顺位是"照护者"，它的意思是做任何选择时，如果影响到这个角色的发挥，那其他条件不管多诱人都只能往后靠。去年完成了心理咨询师的长程培训，刚刚成为一名助人者。

我时常梦见那片湖。

起初是在村里。那时我刚辞去记者工作，远赴川滇交界的泸沽湖开了一家客栈。开车去最近的县城也要两小时，旺季固然是游人如织，淡季却鲜有人问津。

于是每天早上被鸟叫吵醒。今日采花，明日上山烧烤，后日从越过围墙来的枝丫上摘野桃子……

梦就在某个夏夜里出现了：阳光正好，湖水澄澈，几条小鱼穿梭在水草间。我伸出手，掠过一条小鱼的尾巴；再蹬蹬腿，头就浮出了水面。

光如金箔般散落，波光粼粼，像一条条绸带温柔地环绕。我闭上眼，漂浮着，感受水流划过胸前。

醒来时内心极静。梦里那种"存在与自然融为一体"的感觉还残留着。

我想了想，泸沽湖是不准游泳的，那梦大约只是受了环境启发，应了心境。

"咚！"是石头落入湖中的声音。水面荡开层叠的涟漪。我睁开眼，心底浮起一丝烦躁。但很快，水面又归于平静，仿佛扰动从未发生。

深吸一口气，然后慢慢倾吐，感受身体下沉，水面一点点没过头顶。不多时，又有石子"咚"地丢进来。我皱起眉，忍了忍。

"咚！""咚！""咚！"有时隔很久才响一声，有时又接二连三，毫无规律可言。石头本身无辜，但不知何时就砸湖里的感觉很糟。梦里的我有些生气。

生气是清醒时也很常见的情绪。客栈开张不过一年多，疫情就爆发了。景区开了又关，路禁封了又解。订单后台几乎不再响起提示音；即便有，修改也永远没个准数。

手机几乎不能碰。遥远的哀鸣会引发心底的震颤。曾为记者的热血难以控制地一次次涌上头，却找不到出口，逼得人坐立难安。

更糟糕的是，我妈生病了，还挺严重。

抑郁暴发的时候常常有回到水里的感觉。

胸口很重，不太好呼吸。四肢似乎悬浮着，又似乎在下坠。挣扎很累，不动会更舒服一些。但如果完全不挣扎，就会一直下沉、下沉、下沉……

有一天沉着沉着，就自然地进入了梦境。床不见了，我"躺"在湖里。身体没那么重，多了一点力气。又听见"咚"的一声。我顺着水纹的轨迹望去，远远的，一个模糊的身影立在岸边。

我一头扎进水里，闭眼抡臂朝岸边游去。

爬上岸，四下无人。我湿漉漉地站在那儿，突然觉得很茫然，又有点烦躁。百无聊赖中，我蹲下捡起一块石头，在手里把玩了一会儿,然后顺手向前丢去。

水面"咚"的一声。我一愣,忍不住无语地笑了一下:原来丢石头的是我自己?

醒来怔忡了好一阵儿。

后来退了客栈。赔了一大笔钱,努力接活儿还债。

母亲的病一度毫无起色。我回到上海,找更好的医生制定新的治疗方案,随后重新在这座城市定居。

忙忙碌碌中,日子总是过得很快。只有梦里的时空不受影响,我还是会回到湖边。

只是不知哪天,身边突然就多了个人。TA递过一块石头,指指湖。我不太愿意,但不知怎的,还是伸手接过。那人说:"多扔点,不然湖面就降下去了,慢慢就没水了。"我一边想,这是什么鬼逻辑?一边又仿佛恍然大悟,心道,原来如此。

然而湖水宁静,小鱼悠然,阳光穿透水波时那样轻柔。总扔石头干什么!闲的吗?我腹诽着。

胳膊却不听使唤,好像无法拒绝似的,仍然机械地重复着抛掷的动作。我心急起来。我为什么在这里?不是应该在水里吗?我要回湖里去!

可是我的手就那样掌心摊开，等着石头。我好像没法走掉。困惑与焦躁在胸腔里翻涌。我愈发急切，急着急着，一下就醒了。

心跳仍然很快，焦虑感挥之不去。我伸手去够手机，屏幕亮起：5：13。

微信置顶一溜儿都是正在对接的客户。4小时内还有个线上会议。备忘录上"+"号区域记着两笔尚未支付的稿费；"-"号区域记着一笔月底的房租，一笔下个月要还的信用卡数；还有"！"号标注在前的惠民保二次报销所需材料清单，和下一次医院放号抢号的时间提醒。

我放下手机，长吐一口气，又躺下去。

梦里的人是谁呢？我好像很熟，又好像并不认识；有点烦，却明白地知道TA并无恶意，甚至隐隐有些可靠。

想不明白，索性不想。梦境从不给人明确的示意，解读只存乎于心。成年人的世界里，总有一些不情不愿却不得不做的事；日常被不知什么催促着，总之就是无法停下的感觉，亦是常态。

我知道自己——至少暂时——还回不到湖里去。但至少湖还在那里。

地震恋人

汤禹成

浙江台州人，去年夏末，来到一个从未想过会与之产生交集的加州小镇做记者。此前在纽约，有吃不完的亚洲食物，数不清的亚洲脸庞，该小镇都没有。朋友们认为我的选择随意而出乎意料，其实一切皆源于好奇。我好奇在聚光灯照亮的世界城市之外，偏远地区的普通美国人在如何生活，也好奇在陌生的无依之地，我会如何面对孤独，理解自己。

1985年9月的一个清晨，一场8.1级的地震狠狠震动了墨西哥城。一栋又一栋建筑像纸片一样坍塌，化为废墟，城市烟尘四起。

我的编辑莱斯利，当时是一名驻墨西哥城的美国记者，和墨西哥男友亨利刚分手不久。那时，她已经厌倦了墨西哥的生活，觉得自己终有一天要回美国，但亨利并不想离开祖国。

地震来临时，莱斯利和亨利都以为他们再也见不到彼此了。莱斯利住在一个低收入社区，楼房质量自然也没那么高，而亨利住在城市另一端。莱斯利相信自己会死在墨西哥，亨利也如此认为，因为他知道，那片区域的楼房，一定会大片大片坍塌。

交通、通信全都因地震陷入瘫痪。哪怕她死了，他也想见她最后一面，亨利想。于是，他决定徒步穿越大半座城市，去寻找已经分手的恋人。

幸运的是，莱斯利住的那栋房没有完全坍塌，掉落的横梁也没砸中她。尽管在心中想了很多次，"他会来找我吗？"当满脸是灰的亨利出现在她面前时，她还是感动得泣不成声。

确认莱斯利没事后，亨利开始向她讲述一路上的见闻。有悲伤的生死离别，也有劫后余生的喜悦，但比这些更让莱斯利难忘的，是亨利讲述故事时专注、生动的神情，是那种在悲伤的境遇里依然认真生活、认真观察世界的勇气与豁达。

她在心里暗暗想着，管他回美国，还是留墨西哥，这个男人，我是非嫁不可了。

这个三言两语描绘出的故事，留在了我的心里。

听说这个故事的那晚，我梦见了亨利。我从未见过他，他在2017年因癌症去世，我们唯一的交集或许是——我如今发布文章的网站是他亲手搭建的，他去世前，一点点教会莱斯利如何写一些简单的代码来排版，这是他留给她的礼物。但我见过他的照片，照片里的他已经60多岁了，长得黑黑瘦瘦，有浓密的眉毛和大大的眼睛，正兴致勃勃地捧着一颗仙人掌的果实。

在梦里，他是那张照片中的模样。

在那个被灰色笼罩着的梦里，亨利穿着一件旧旧的白T恤，在断壁残垣里走走停停，是一大片暗色里唯一的小光点。有小姑娘在哭泣，亨利蹲了下来，安抚了哭泣的她，然后又接着赶路。有几个男人在徒手挖废墟，想救出什么人，亨利又帮他们一起搬很大的石头。擦擦额头的汗水，又接着跑。梦的细节已经模糊，但我记得，他始终在废墟里行走，好像没有尽头，为了抵达莱斯利的住处。

梦的最后，莱斯利和亨利坐在露天的废墟上，世界好像只有彼此。亨利在滔滔不绝地讲着他一路的见闻。他们的手紧紧牵着，亨利的指甲缝里还嵌着泥土和灰，莱斯利的手也已被四散在地的家具割得伤痕累累。眼前的世界仍被烟尘笼罩，残破得不真实，但莱斯利用她明亮的眼睛望着亨利，露出了幸福的笑。

那个梦似乎是有味道的。几种不同的味道。血的腥味。泪水的咸味。还有爱的甜味。

那个在我梦境中的亨利，怀着对生死未卜的恋人的记挂，却也在绝望中保持着对世界赤诚而好奇的观察，就这样，在宇宙创造的残垣断壁中跋涉，跋涉。

后来，莱斯利真的和亨利结了婚，一起回到美国。一场地震改变了他们爱情的命运。莱斯利说，如果没有那场地震，他们或许不会最终走到一起。

做那个梦时，我和恋人也正因未来要在哪儿生活而经历关系的危机。我希望能体验世界广阔的可能，而对方希望过上稳定的生活。

"我一想到一成不变、一眼望到头的生活，我就很痛苦。我不想过那种生活，我要一个更大的可能。"

"我也不是没有美好期盼，新生活总是值得期盼的。只是时不时想到未来的不确定性、想到父母、看到建立新生活需要那么多支出，等等，有时还是会犹豫。怎么说呢，有些东西是根深蒂固的,要松动是需要一点时间的。"

我们每日被一些彼此伤害且循环往复的对话折磨。在我自己生活中的地震来临时,莱斯利和亨利的爱情故事似乎就是那个我想为自己编织的幻梦。

梦非梦

○ 陈年喜

20世纪70年代初生于陕西丹凤县峡河水边。少小饥饿，成年飘零，近而立之年成为职业矿山爆破工，专业黄金开采，足迹遍及东西南北，见山川历生死，整16年。2015年因职业病失业，开始专业码字生涯，美其名曰作家，本质仍是无业游民。人生多梦，至今不醒，少年时立志要做侠客，行侠济弱，成年后想做老板，亦富亦仁，年过五十后，梦亦变得现实而具体，夜夜惊心。

在我还很年轻的时候，也就是30多岁吧，有一天晚上，做了一个充满隐喻的梦，时间过去了这么久之所以还记得，除了梦自身的奇异，还因为一场雪。那场梦醒来时，棚外正纷纷扬扬落着大雪。我起来撒尿，掀开门帘，看见大雪覆盖了整个秦岭。

梦开始的地方是秦岭深处的一条山沟，但那里的人习惯给山沟叫峪，王家峪，朱家峪。我一直分不清沟与峪的区别。从这里可以看见遥远的华山，裸崖花白入云，但梦里的华山更高，也更远，却能看见山上的寺院，和寺院里的人影。

下班了，我们两个人从矿洞往出走，逼仄的巷道很长，也很黑，一路上没有一颗灯泡，我们的矿灯昏暗。他走在前面，我走在后面，他叫小朱。走着走着，小朱转身往回走，我问怎么了，他说前面塌方了，巷道被堵死了，我们得从另一条道出去。

我们就往回走，巷道长得没有尽头。我不知道到底有没有另外的出口，小朱比我来得早，他知道。我问，你知道出口在哪儿吗？他说我知道，那是一口天井，直通山顶。

可是，我们怎么也找不到那个天井口，我们穿过了一条又一条巷道，一些曲里拐弯的岔道，怎么也找不到。我想，我俩这回死定了。我说，是不是根本就没有天井，小朱说，不会的，那只天井就是我凿开的。他说，我们分头去找，谁找到了谁先出去，出去通知外面的人。我说，好。

我找了五六条岔道，有的岔道显然还在施工，有的岔道废弃了很多年，坑木上长出了蘑菇。正绝望中，突然看见前面有一道亮光，那是手电的亮光，有一个女人在前面走，一个我从没见过的女人，很年轻，很白净。我问她去哪里，她说，我回家。那时候，经常有人借坑道回家，省去翻山越岭的麻烦和辛苦。我就跟着她走，心想只要能出去就行，又想起了小朱，我说，你等我一会儿，我去喊个人，我们一同出去。她说，不用管他，那个人已经出去了。那个女人走在前面，一会儿身上穿的是黑色长袍，一会儿变成白袍，她不说话，偶尔回头冲我笑一笑。

巷道上出现了一个光团，那是从巷道顶上射下的光亮。她说，到了。我抬头看，一只天井，像一只竹筒，笔直地伸向外面。我把眼睛凑上去，它如同一支望远镜，天井的那头连接着天空，天空上有一轮月亮，又大又圆，没有一丝云。

她说，我们出去吧，说着，雾一样飘了上去，一会儿就不见了。我也想飘起来，可怎么也飘不起来，身子又沉又重。我手脚并用地往上爬。

出了天井，是一处山顶，没有一棵树，月光亮如白昼。有一片寺庙，有很多人。女人说，你就在这里修行，都安排好了。我说，我不想修行，我得干活，我的伙伴还在等着我上班。她说，不行，你命里带着苦修，前半辈子在洞里，后半辈子在寺里。

我向四周看了看,这是一座孤峰,壁立千仞,四下没有下去的路。我非常着急,急哭了。

撒完了尿,我看了看小朱的床,上面果然没有人,只剩一个空空的被筒,我想起了梦里的事,久久无眠。第二天早上,我问做饭的师傅,他说小朱昨晚家里有急事,回老家了,见你睡得香甜,就没打扰你。

小朱再也没有回来,也再没有他的消息。我只记得他的名字:朱发财。

焦虑的梦　　罗镇昊

黑龙江佳木斯人，机械设计制造及其自动化专业毕业。自荐进入新闻业，六七年过去，好像行业快没了。去企业做公关，不到半年只能辞职。渴望长期稳定的亲密关系，但婚姻只维持了两年。现在依然待业。一个渴望长期主义又没常性的人，有条名叫"长海"的边牧狗。

去年 11 月，待业大半年后终于找到了工作，从干了六年的媒体行业转型为公关策划。

这份工作主要围绕老板个人和集团相关活动的传播，包括但不限于撰写预热稿、通稿、自媒体 brief、微博话题、短视频文案，梳理老板金句、修订自媒体稿件及商务合作文案，推进项目流程，对接合同、劳务结算、申请 PR 单、项目结案，日常舆情处理、资料归档，遇到领导接待时提前去饭店往矿泉水瓶里灌白酒、帮领导给孩子打印作业并送到指定小区，等等。

入职1个月，加了60多个工作群。下班和周末也要时刻关注群消息，最忙的时候两天只睡了3个小时。神经无时无刻不处于紧绷状态，因此变得多梦。

2月末开春之际病毒肆虐，上吐下泻。晚上正发烧，半梦半醒间看到群里有人@我，要马上出一份关于老板的负面舆情表。接着，一份Excel表格清晰地浮现在我眼前，上面的信息时刻滚动着，有几个空着的单元实在不知道要填什么，需求给得很模糊，我急得焦头烂额，浑身冒汗。

想找同事寻求帮助，隐约间仿佛听见了主管的训斥："别什么都老问别人，自己不会思考吗？"于是我想按照自己的想法写上去，但很快又传来一句熟悉的话："你做之前能不能问问大家，总是自己想当然。"

紧接着，无数声音像意识流一般涌进头脑：

"你们做媒体的办公技能确实不行，表格的快捷方式不会吗？"

"你还笔杆子呢，这点东西都写不好，什么都得我喂到你嘴里！"

"老说我没给你正反馈，这些常规的东西做对了我还得夸你吗？"

"这个群里有大领导，快撤回！快撤回！"

第二天请了病假，坐在医院的椅子上，掏出手机开始回群消息。过了半小时，一掏兜才发现还有个检查没做，等待时想起参加这家公司的公关岗最终轮面试时，正是离婚前夕。人事通知我下午三点到，后面要多预留出半小时，因为副总裁的时间有浮动。面试当天，总监打印好我的两篇代表作，跟我一起站在副总裁门口等了半小时。她终于出来了，目不斜视直挺挺地从我们身边走过去，说了句"你们再等我一会儿噢"。

这一等就是 6 小时。我坐在办公室门口的椅子上，手机快玩没电了，天也黑了，我也饿了，很想下楼抽烟，但出去了就没人给我刷闸机。晚上九点多，副总裁回来了，顺路叫我："进来聊聊吧。"

沙发离她的办公桌有半米远，从对面看起来她很威严。面试的问题很刁钻，比如：你哪年的？几月？几日？我心想，难不成她要给我算个八字？又问，结婚了吗？媳妇干啥的？接着拿起了我的作品，随便翻了几页就放下了，她说："我知道你写东西挺好的，你会写通稿吗？"

回家路上，金色的夕阳洒在立水桥地铁站，晚高峰之前行人稀疏，竟有了生活的气息。在地铁车厢里想起以前的一个梦：有天早上一觉醒来，发现前妻养的两只猫坐在床边，瞪着圆圆的大眼睛看着我。我在梦里猛地起身，走到另一个房间，看见她正在床上熟睡。

我在梦里想，如果她知道那个不可一世、骄傲与任性的我，在做着这样一份工作，会是什么感觉。

袜子与轮椅

沈书枝

1984年生于安徽南陵,现居北京。小孩一岁多时离职回家,终于实现逐渐炽烈的专职写作的愿望,只不过这专职也打了折扣。育儿的辛苦远超想象,只有在深夜和丈夫单独带小孩出去的周末,才能分出一点时间和精力给自己。幸好,伴随小孩成长,也理解了自己何以长成了如今这样,想要实现的自我又是什么。

这两年,我的睡眠变得很差了。常在床上躺到凌晨仍无法入睡,或是好不容易睡着了,却因为身边孩子很小的动静醒来,便一直醒着,直到天亮才终于困倦地睡着一会儿。那天晚上,是小孩放暑假前夕,第二天他只要上半天学,然后就要开始长达两个半月的暑假;我又在凌晨醒来,到5点才终于在困倦中模糊睡着,做了一个荒谬的梦。

梦的现实背景是，5年前小孩两岁时，我抱着他从一个高高的台阶上跨下，没有留意，崴到了左脚。那次崴脚颇为严重，有大约半个月时间我不能走路，起初两三天完全不能走，触地即剧痛，后来可以走但还是疼，走起来一跛一跛，大约一两个月后，终于不跛了，但走得稍久，脚踝就会重新痛起来。但在当时，因为育儿中许多无人相助的时刻，我几乎无暇顾及这些疼痛，只管像平常一样生活。在后来两年里，每到天冷时，这只脚踝里便会传来一种隐约的疼痛，失眠时尤其如此。在北京有暖气的房间里，浑身盖着被子，我觉得热，想把脚伸出来，而一旦伸出来，这只脚就会不断让我感到一种隐隐的疼痛，使我更难睡着。我与之纠缠良久，最后终于找到了针对它的办法：给双脚穿上袜子。

再后来，时间过去更久一点之后，这种睡不着时感到的隐约的疼痛仍不能消失，在那个时候，我意识到它也许已转变成了一种心理上的不安全。我把袜子改为只给左脚穿，并给它起了一个玩笑的名字，"心理袜子"。每当睡不着时爬起来，从衣柜里掏出袜子给左脚穿上，我都要在心里戏谑自己："又要穿上你的心理袜子了哟。"话虽如此，我还是穿上它，以阻止在长久睡不着的凌晨加倍不适的焦躁。

在这个梦里，我因为左脚的隐隐作痛而要坐轮椅。但等了一会儿，轮椅没有人来推，我从脚只是隐隐作痛中知道了我其实可以走路，就从轮椅上把脚绷直，于是如在动漫中一般，脚上的支架与石膏纷纷碎裂脱落，我开始走路去做事情。在梦里，丈夫本应该在后面帮我推着这个轮椅，但当我见到他时，才发现他并没有推着轮椅，轮椅不见了。我非常着急，感到恼火，开始寻找轮椅，因为我的脚踝还是有极轻微的疼痛，如果没有轮椅，万一以后脚踝再疼，我要坐的时候怎么办呢？

我睡得很浅，梦到这里差不多也就醒了。几乎在醒来的同时，便意识到它几乎是现实的一种直接的隐喻：我都能自己走路了，却还在担心着如果没有轮椅用了以后怎么办。甚至当后来我在日记中写下它时，也能感觉到内心那再度被唤起的如草蛇灰线般幽微而又不绝的担忧。

然而实际上，我根本不再需要这个轮椅了。梦的荒谬使人对于日常内心隐藏的不安和依赖感到震惊，它促使我下定决心，后来再也没有穿过我的"心理袜子"。而穿过生活这个浅显的片段，在其他一些内心摇荡的时刻，我也想起来问问自己，我相信自己吗，我是在寻找我想象的、早已并不需要的轮椅吗？

春风沉醉的晚上

吉井忍（Yoshii Shinobu）

东京长大的日籍华语作家，二十岁来成都留学，喜欢上中国。毕业于国际基督教大学国际关系专业，曾在法国南部务农，辗转亚洲各地任新闻编辑。现居东京，经常出门泡咖啡馆、看演出和展览，偶尔写作或在餐厅打工，2023年出版的《东京八平米》就是描写这样的生活，一直持续到现在。最近有点想搬家。

今年3月有几周我在中国北方，辗转4座城市。4月又来几周，从广州厦门开始慢慢一路往北，在上海过几天后，身体有些吃不消，全身发冷、口渴，但又不想喝水。躺在宾馆里睡一会儿醒一会儿，每次醒来都不知身在何处，我哭，然后发了个消息。

可能跟新绿季节有关，上海给我的感觉比以前亲切多了。离开前一天晚上单独去一家店，以为是港式茶餐厅，结果是正宗的粤菜馆，有点不知所措。与我年龄相仿的服务员帮忙一起推敲菜品，最后选了两道春季时令菜。从头到尾被她善待，很治愈人心。

南京那所纪念馆看不成，我没预约。逛了总统府，到达时已经人山人海，阳光让我预测到此地夏日的格外炽热。傍晚去一家游泳馆，泳池长50米。在前面的是一个小朋友，我在水里看见自由泳上下踢打的腿，浮上水面呼吸时，看着觉得这小朋友像个戏水企鹅玩具，很是可爱。舍不得超过去，我慢慢划水。游完泳回宾馆，周围有点黑，找不着地方。突然一阵橘子花香扑鼻而来，知道宾馆在哪儿了。

在杭州，出门时忘了带手机。新书宣传活动完毕后留在书店喝点啤酒，离开时已经晚上10点多了。店在宝石山上，透过苍松翠柏能看到湖面，让人心驰神往，默默地恨自己没带手机。走台阶下山时，朋友说起郁达夫的《春风沉醉的晚上》。回酒店没多久，听到外面的雨声。

参加北京朋友的结婚派对。一开始说是12点半，后来大家反映太早了、起不来，于是改成下午3点。胡同里的老平房，改造过的，屋顶是宽敞的观景露台。院内有棵枣树，长得老高，前几天刚发芽，站在露台可以摸摸它。喝过一口茅台，我有些发蒙，胳膊上突然感觉针扎样的刺痛。这天才知道原来枣树上有那么长那么尖的刺。

离去时朋友把我送到门口，她穿一件浅黄色短袖上衣，印有小兔子，沾上了刚吃烤肉时的油渍。朋友下半身穿着粉红色的长裤。我还以为她今天穿的是睡衣呢。抱着她告别，她很瘦。我跟她长得一点都不像，性格也有所差别，但我看她总觉得像在看20年前的自己。有时候会想，天呢，20岁那年若不戴套套，现在孩子会长这么大。然后又想，我做不到。

回东京的班机从天津起飞，于是在那儿住了一天。房间对着一座老公园，我把阳台的门打开，随着夏天的临近，且刚下过雨，空气有些潮湿，但仍保留着北方那种令人期待的清爽气息。虽然是晚上，或者可能因为是晚上，公园里似乎有好多人，我看不到，但能感觉到他们的存在。我背对着阳台坐在沙发上，听到有人拉二胡，也有人唱戏。"唱梅派"，在沙发另一边的人说道。

在东京的这几天，想着那座公园的声音。听不到那些声音的日子里，我突然想到：搬家吧。

我该偷走他的梦吗

沈颢

一个乐于在图书馆迷路的人，也乐于在山林间迷路。迷路有时就成了他的本能，即使直径，也被他绕出了迷宫般的曲折。并且，他还养成了没路硬迷的习惯。有那么一段时间，他不得不待在铜墙铁壁内的方寸之间，与任何道路隔绝，路成了他的渴望。即使这样，他也时常在高窗之下迷失，如镜中之人迷失于双重幻觉，秒针迷失于周而复始。有时，他不得不从掌中捧起的水纹中占卜通往远方的路。

梦见自己在阿尼玛卿雪山徒步。

这本是今年夏天的计划，为此，我还准备了详细的攻略。也因此，我对阿尼玛卿雪山的山峰、冰河，甚至每条路，都了如指掌。

我将在雪山周边停留一段时间，至少半个夏天吧。徒步、露营，以及在附近几个小镇上，平静地生活。

我还托朋友联系了她在当地的友人，其中一位是圆光师。他有一面祖传的镜子，也只有他，才能从中看到不同时空的景象。我想让他帮我看看，自己以后该做些什么。

或许，当我这么说的时候，他已经从镜子里看到了我的念头。

和往常的旅居一样，我希望融入当地的文化。阿尼玛卿雪山是格萨尔王的战神山，这一带也是藏族史诗《格萨尔王》的故事发生地。所以，我也准备了这方面的书。除了日常的阅读、写作、徒步、拍摄，我更期待随机发生的、无法预料的事。我喜欢偶然性。

夏天还没到。

现在是4月，春天容易做梦。在某个午后的梦里，这事提前发生了。

梦里的我，在阿尼玛卿雪山西线徒步。早上从达木乔垭口出发，下午，正接近一个叫给日格的地方。夏天，这个地方将是牧场，但现在，荒无人烟。

不过，玛卿岗日主峰就在眼前，巍峨耸立。它的海拔只有6 282米，但因为太雄伟了，一度被误认为是世上最高的山峰。

天气阴冷。虽然在梦中，但直觉告诉我，马上就要下雪了。当我这么感觉的时候，梦里的雪就真的下起来了。雪花大朵大朵地垂直落下，四周立刻白茫茫一片。

我想起一个山洞，就在附近，之前做攻略时标注过。按当地传说，这个山洞直通印度，古时候，就是经由这条捷径，白山羊驮来了佛经。一想起山洞，梦里的我就已经躲进了一个山洞。山洞里确实有一群白羊，胡子很长，朝我咩咩叫，说着我听不懂的语言，但仿佛要跟我说什么。我继续往山洞里走，看到一幅巨大的岩画，但怎么也看不懂。

在岩画下的巨石上，靠着一位年轻的牧羊人。他睡着了。

我走过去，坐到他边上，想等他醒来，问问岩画或山洞的故事。但他睡得很沉，弄得我也昏昏欲睡。从听到的声音判断，山洞外还下着大雪。

不过，奇怪的事情发生了，我居然能看到这位牧羊人做的梦。

我看到数不清的场景，像电影一样，飞进他的大脑。从里面人物的着装看，这些场景似乎来自遥远的古代。

我看了很久，开始似懂非懂，随后渐入佳境，最后恍然大悟，原来这些都是格萨尔王史诗中的情节。而这位牧羊人，正是传说中的天选之人，当他醒来，将是被托梦的格萨尔说唱艺人。

也就是说，当他醒来，只要再给他一顶仲厦帽，一把扎念琴，他就能凭梦中所得，随口唱出藏地最受欢迎的格萨尔王传奇。

我感到羡慕与妒忌，这不就是我想要的吗？我该偷走他的梦吗？

这时，牧羊人醒了。他揉了揉眼皮，困惑地看着我，似乎想要说什么。

我赶紧抢先说：恭喜啊，你将成为了不起的格萨尔说唱者。然后把刚才看到的告诉了他。

牧羊人一头雾水，说，他没有梦见我说的这些，但他确实做了一个梦。

他梦见一面镜子，镜子告诉他，一位外乡人将走进山洞，正是这位外乡人，将成为传颂格萨尔王的流浪者。

而镜子里的这位外乡人，就是我。

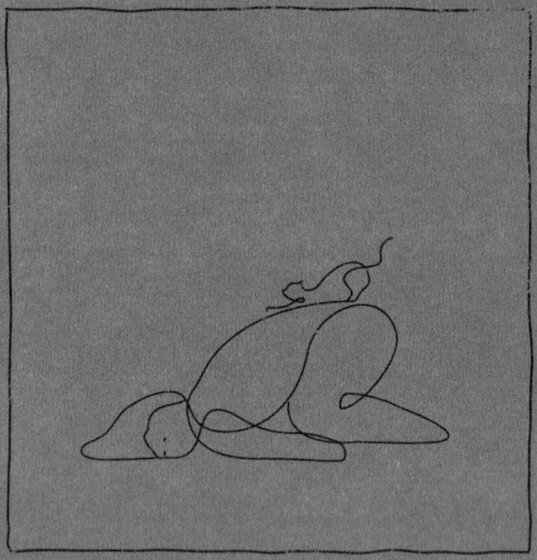

奇幻的，平常

<u>绿头鸭阿呆</u>,
一个喜欢发呆和幻想的幼稚漫画爱好者,
一天13小时不够睡,日常养生八段锦五禽戏宣传官,
傲娇豆包和饭桶路飞之母。

小时候常去姥爷家,有阵子他天天看抗战剧、谍战剧。中午看,晚上也看,搞得我在梦里也在抗战:大家都住在村子里,我是一个能飞檐走壁的地下党,每次都从窗户进屋,在村子里传递情报。鬼子进村抓我,我就从窗台翻进屋里,躲到窗帘后,觉得不太安全,又藏进卧室的衣柜里。

为了让大家安全撤离,我拿起锄头疯狂挖地道,但是大家都不挖,我特别生气。气到挥舞起小拳拳,把睡在旁边的我妈锤醒了。

这个梦特逗,跟很多人都讲过。但忘了有没有讲给姥爷听。

后来慢慢长大,读书了,不常去姥爷家,见面也少了。

再后来,姥爷得了癌症,天天躺在床上。

这个星期就去跟他说下这个梦吧。

网友泞繁平常有记录梦的习惯。

她的梦通常很长,

唯有这个又短又惊悚。

路过一家装修得古香古色的中式店铺,走进去一看,发现是卖中式盆景的。

店里没开灯,地上摆着高矮不一的紫檀木落地花架,每个花架上都放一个盆景,植物长得很好。走近看才发现,植物不是种在土里,而是种在一只活着的猫咪身体上。

店员说,植物吸收猫咪身体的养分长大,等猫咪的养分吸收完毕后,盆景就会长成那只猫咪的形状。

<u>马瑜霞</u>，开书店的，一个对社会有副作用的人。

我是开书店的。疫情后书店又可以举办活动了，开始都还挺好的，嘉宾讲得专注，观众听得认真，进入提问和讨论环节，突然有人大吼一声，从椅子上跳了起来，掀翻了坐在两边的人，又挥起拳头，锤了后排一个人。

也不知道谁报的警，警察很快就来了。打人的人、被打的人、被掀翻的人和我都被警察带去问话。打人的人很不服气：我碍谁惹谁了？我说说话怎么了？

警察问他为什么打人？打人的人说，他一直想提问，旁边和后面的人一直拉着，搞到他发毛。其实也没啥大事，说的是他们村以维护的名义把一座古桥的石板换成了混凝土。他说得太真实，有名有姓，让周围人害怕，怕听到太多秘密。

派出所里倒没有这个问题，警察例行公事地听着，直到所有人昏昏欲睡。我好心问被打歪鼻梁的要不要先去医院？他猛然惊觉，跟警察喊：我要他们赔钱，我在他们场地受伤的。

打人的人也停止了喋喋不休，凛然正气地说：对，让书店赔，是他们发起这个讨论的。

我吓醒了。

郭雄波，医生，现居广州。

"麻醉医师，病人血压如何？"

"有点高，已经给药。"

"给我超声刀。"这种两三毫米的小血管，超声刀可以轻松凝闭。

"怎么回事？超声刀没有做功？刚才不是启动好了吗？"

"呃，好像是电源线坏了，马上给你换。"

"不用换了，开结扎夹，动作快。"

器械护士一阵手忙脚乱，总算把夹子准备好。咔嚓一声，出血的小血管被精准夹闭，"雨"停了。

"吸引器。"

"给。"

"又是漏水的,说过多少遍,坏的就不要再用了,又弄我一身。"

"马上换,马上换。"

清理完积血积液,总算显露乙状结肠吻合口,可见一个0.5厘米的漏口。正准备缝合修补,腹壁瞬间塌了下来,与腹腔器官贴合在一起,术野一片模糊。

"气腹压力如何?"

"不好意思,主任,气腹线掉了。"

"怎么回事?赶紧接好。"平素以脾气温和著称的主刀也开始变得暴躁起来。

"接好了。"

"腔镜纱、吸引器、4-0薇乔线。"一番紧锣密鼓的操作，总算可以正式修补。进针—出针—打结，关闭漏口。怎么还有一个漏口？再次进针—出针—打结，关闭漏口……漏口一个接一个，永远也缝不完，这不是动画片里才有的场景吗？我是不是在做梦？

"病人心率掉下来了""病人血压测不出来了""先停一下，我们要做CPR"，麻醉医师焦急地喊道，"快去请主任来"。

无影灯猛然间全部亮了起来，呼吸机发出"滴——"的声音，那是心跳停止特有的报警声。

我吓醒了。

摩擦 ○ 王帅

> 阿里巴巴最早的合伙人,曾担任马云先生的助手、阿里巴巴市场与公关委员会主席。自我评价:聪明人,糊涂蛋;苦力活,逍遥汉。一个被陌生人善意感动的人。看红桃绿柳,弄柴米油盐,喜粗茶薄酒,感五味咸淡。瘦时有残荷顶戴,胖也如富贵牡丹。相看两不厌,越看越好看。一百年不烦。男女平等,彼此平身,上饭!

上周,我请薛龙春先生给我的办公室写一副字(已答允,尚未见):昨日之日,逝去之水。这里是两年来我待得最久的地方,我在此刻舟求剑,画地为牢。寂寞的时候也有,就请一些故旧,或仨俩,或七八,喝喝酒,吹吹牛。如同青衫司马,怀想昨日探花。

亲爱的,这样的时间很久了。

天地混沌，中生盘古，天高地远，乃分阴阳；茹毛饮血，衣其羽皮，钻燧取火，开启文明；后有钻与石，笔和纸之间的摩擦，有了历史。

我知道了这几千年的历史，但我经常忘了昨天的事情，或者这么说，即使我突然想起了昨天的事，但我把昨天的梦又忘掉了。

亲爱的，我感到恍惚，认识了世界，但经常模糊了自己。我好久没有一个完整的梦了。

暮春的时节，我去了孔庙，看到那里有一棵千年的桑树，有人在庙门口卖紫黑的桑葚；当我赶到邹城的孟庙，一棵千年的梓树，花开一万朵。桑梓之地是这样来的吗？孟母三迁，又会不会是躲着孔子走呢？

在杭州，还有一棵更久远的唐樟。枝繁叶茂。那么亲爱的，你能告诉我这些新枝是来自几千年前吗，如果我们和树说话，可为什么那些大树，一寸寸长高，而我们的生命在一寸寸缩短。

这片平静的房顶上有白鸽荡漾。

它透过松林和坟丛，悸动而闪亮。

亲爱的，我经常有很多问题问自己，我经常对一些答案问答案。在那些闪光灯一样梦的碎片里,我是童年的,我还没有玩够,记得总是不断地跑,但是睁开眼,自己就老了。

就在前几天,我第一次爬上泰山。我看了摩崖石刻,但在登顶那一刻我就返程下山了。我担心我一旦登顶,就会想起杜甫:

岱宗夫如何?齐鲁青未了。
造化钟神秀,阴阳割昏晓。
荡胸生曾云,决眦入归鸟。
会当凌绝顶,一览众山小。

这是杜甫的梦呢,还是梦里的杜甫?我下山的时候就在想这件事情。我们走的不是一条路,我是坐缆车上下的。傍晚的时候,山风很大,吹动缆车如摇摆的船,渡我,过了忘川河,过了奈何桥,喝了孟婆汤,我竟然忘了回头看看。

我如果回头看看,就会看见刚刚爬山的自己和坐在缆车上的自己。我会缘何对面不相识,无非明日隔山岳,世事两茫茫。

我突然想起我的朋友李克,我最爱听他说菜。他说的菜不是舌尖上的中国，说的东京繁华，说的金庸的菜谱都是抄袭的，说的宋徽宗吃的好像都是咸菜。

他很少说汤。

据说孟婆汤八泪为引：一滴生泪，二钱老泪，三分苦泪，四杯悔泪，五寸相思泪，六盅病中泪，七尺别离泪，第八味，便是孟婆伤心泪。以泪为引，去其苦涩，留其甘芳，煎熬一生，方熬一汤。

这是他少说的原因吗？

但我确实好久没有哭过了。我曾经经常哭。那么不坚强，有时候是无缘无故地哭，那么亲爱的，你肯定是记得我哭过的样子的。

你记得我是在哪个梦里哭的？

亲爱的，如果你知道，还请你告诉我。

不管是什么样的风吹过，你说她是微笑的声音也好，你说她是哽咽的声音也好。

其实说什么都好。所以梦见什么和做了什么梦，都不重要。

有的梦和生命摩擦出火花，有的梦和生命摩擦出惆怅。

且当清狂。

桃花流水马里奥 ○ 言之凿

1980年出生在福建沿海,幼年时生活在深山茂林的矿区,学龄后移居小镇,毕业于厦门大学外文学院。中途放弃高翻专业,留学英国,如愿成为新闻人。辗转几年后走入外企职场,几番跨界,服务一干大公司,担纲一些大业务,见好就收,复归于闲。过半人生概括下来好像只有随波逐流四个字,却也用去了很多力气。

一位中年妇女的梦能有什么审美价值呢?只不过在20多年里,我的确常常做一个相似的梦。次数多了,原来缥缈的气息好像慢慢凝结成了固体,在我庸常的心房里悬垂着,偶尔撞击出细响。

我的童年和少年时代在一个镇子度过。做一个镇上的人真是一种尴尬的存在,既不是城里人,也不是村里人。但我有许多来自村里的同学。骗过父母，一串孩子，骑着26到28寸不等、并不太适合我们身高的自行车，蜿蜒十几公里的山路，去他们的村里玩，是那时最快乐的事。在我的梦里，我经常会回到其中的一个村子去。我们才不关心这个村子历史上曾经是什么唐朝薛令之故里。我们关心的是春天的桃林，夏天的瓜地，以及专属于少年的那种漫无目的的游荡。

我的梦经常会从榕树浓荫之下的一条路开始。榕树的根须还未垂到地面，可以像帘子一样飘摇，它们大约就是我梦境的结界。我会经过清清的溪，从河底到岸边只有溜圆的卵石，没有一点淤泥的那种，记忆里只有故乡的地质特点才能生成这样的溪。

而我的目的地通常是一片开花的桃林。因为我的梦，我心里只能接受一种桃花。就是像工笔画那样简简单单五片花瓣，花心里勾勒着线条的那种桃花。淡淡水洗过一样的粉红，有些娇气易落，起了贪念一折一抖就只剩三瓣，但过不久能实实在在结出桃子的。我曾经向往西湖的春天，一心要去探访那居易赏过的桃花、东坡拂过的柳。但这个画面最终破碎了，因为我不能接受那种经过园艺嫁接密密麻麻开得像鸡毛掸子一样的重瓣桃花，还有那艳丽的颜色。我执拗地相信可以人面相映，含笑春风，一杯作别，相忘江湖的桃花一定是我梦里的那种。

在梦里我可以不需要哼哧哼哧地靠两条小短腿丈量土地。因为我具有了暂时脱离地心引力的能力，每一脚踩下去，我就会弹跳式地腾起丈余高，然后慢悠悠轻飘飘地斜落下。你可以想象成马里奥吃蘑菇时跳得更高，落得更慢，而且不会撞头的版本。弹跳是我梦境中无比快乐的环节，我几乎能感觉到自己要笑醒，又舍不得醒来。可惜最近的十来年，我很少再梦到弹跳了。我很希望还能再做回那样的梦。

这个梦并没有什么情节，就是游荡。有时是我自己，有时有一群结伴同游的人。我偶尔会认出他们在现实中是谁。但有一个人，我只知道他也来了，却怎么也看不清。是我少年时代最好的伙伴。十几岁的我在骄傲与自卑之间无序横跳，孤僻古怪，不知道怎么去合群，但他每次都会特意叫上我，让我的少年时光有了一些热闹。我上大学之后才看到张国荣的电影，惊讶地发现他的眉眼有几分相似，线条很好看的双眼皮，俊秀温良，一点攻击性都没有，多看一会儿会觉得安静。

长大后当然是各奔东西。最后一次见他，他的双眼皮还是一样线条分明,像大部分应酬缠身的中年人一样有了微腆的肚子,眼里的血丝和脸上的皮肤暴露出酒精和奔波的痕迹。最后一次收到关于他的消息,我正在长途差旅中。因为呼吸暂停综合征,他入睡后再没醒过来,不知道他当时是在一个什么样的梦里。在我的梦里,一切好像都是少年光景,明明知道他也在,却看不清也说不上一句话。我搜过周公解梦,也没弄明白这到底是一个好梦还是坏梦。至少梦里是轻快的,不像醒来时那种小火慢炖的怅惘。

我曾经问过自己,既然如此,为什么不回去看看呢?但我还是做了一个清晰的决定。我宁愿像一个马里奥虚空地蹦跶,在失重的自由里傻笑,在无泪的哀伤里怀想,但我绝不会试图再去寻找那年的榕树、桃花和流水……我想你懂的。

景阳冈

○御犬平辽

西北汉子,人民警察,法学博士。

"辽国人烧了我们的庄稼!""辽国人点了我们烧炕的玉米秸秆!""我们吃啥呀?烧啥呀?""出兵平辽!"街上有人大喊,脚步杂沓。

将令一声震山川,人披衣甲马上鞍。薛仁贵、薛丁山、程咬金、秦琼、敬德都从祖父枕旁跃马而出,挥舞武器冲杀出去。

村人们披着自家的红被单,骑着生产队的骡子、驴、马,手持铁叉、铁锨、镢头,号叫着跟随英雄们冲向赵庄,辽贼就窝藏在和我村不睦的赵庄。

男儿何不带吴钩,收取关山五十州!

饲养室里的牲口都当上了别人的坐骑,就连那头瘸驴都被人牵走了。我急得团团转。我家的土狗黑子跑过来。虽然全村的黑狗都叫黑子,但是我家黑子最聪明。

黑子跑得真快啊。我骑着黑子手持菜刀,超过那些骡和驴,超过腾云马、赛风驹,超过大肚子蝈蝈红,超过抱月乌骓马,一骑绝尘,直冲到辽军阵前。

辽军清一色骑着奶牛,赵庄是奶牛专业村。奶牛专业村也不能割我们村苜蓿、偷我们村玉米呀!我催动黑子,直冲敌将,来者居然是我们村收电费的胖老三。我手中高举的菜刀还没有落下,胖老三就化作一团黑灰,辽军骑着奶牛四下逃窜,都变成田野里一堆一堆的灰粪。

黑灰说:我啥刀都不怕,就怕菜刀,特别是你家这把用了几代人、崩了好多口的老菜刀。踹一脚那黑灰,黑灰飞到半天高,又说:多收你家的电费,还给你。天上哗的落下十几个硬币,全是新的5分钱,落在我张开的手上。只有一枚掉在地上，被后面赶来的程咬金捡到，他放到嘴里，咬了半天没咬动，摇摇头还给我说：不是金子。

平辽大胜，全村大庆。炸油饼、炸麻花、烧醪糟。放开肚子吃，放开肚子喝。醪糟就是酒，人人都来给我敬酒。我喝了一碗又一碗，4年级的杨美丽也来敬我，还给我碗里放了个荷包蛋。怪不得大人说喝酒不好，喝醪糟都这么难受，肚子太胀了，我得找个地方撒个尿，可到处都是兴高采烈吃油饼吃麻花的人。我毕竟已经是个小学生了，得找个没人的地方。

找啊找，找啊找。

突然我被祖父从被窝蹬了一脚：大喊大叫的，是不是做梦了？快起来去上学，鸡都叫了三遍了，我都听到你们学堂里打铃了！

家里没有闹钟，大公鸡是我们的闹钟。鸡叫三遍后天就亮了，是我起床洗脸上学的时间。等我走到村东的小学时，校长会在吊起来的一截铁轨上准时敲响这一天的"预备铃"。

我背上书包端着墨水瓶改的煤油灯走出了家门，回头看，祖父靠着背墙又开始翻那本《薛仁贵征东》，黑子安静地卧在炕角的棉鞋上，肚子一起一伏，睡得正香。

铃声响起，赶紧拿过枕旁的手机，关闭闹铃，蹑手蹑脚下床，碰倒了床头柜上放着的水杯。被窝里妻子嘟囔着埋怨：都五十岁的人了，还这么毛毛躁躁。

看一眼手机，屏幕显示：2025年4月5日，6：30，清明节。

夫人之命

傅踢踢

上海籍中年男性，美食纪录片撰稿，结婚10年。三者叠加的结果是：在家司厨，太太司命，在公司肩负管理工作的太太对内对外标准统一，家庭日程要求件件有交代，事事有回应。面对"瞻之在前，忽焉在后"的生活，我唯有"如临深渊，如履薄冰"般郑重。日有所思，夜阑入梦，大概是人之常情。

"你，过来。"看上去40多岁的女士挥动手杖，朝我的方向指了指说，"我要吃瓜。"

"和我说话吗？"我拿右手食指点点鼻子，颇感不解。

"不然呢？你看那边的乐队、舞队、歌队，哪一个腾得出手？"女士的方脸浮出威严肃杀之意，杏眼里闪着锋芒。

我把视线从她的云龙纹华服上移开。幽暗的厅室一角，及膝的几案上摆着三个朱红漆盘。有梨,有枣,剩下细长条葫芦状的,想必就是她口中的瓜吧。

三步并两步,我向漆盘的方向走去,地上没铺地板地砖,每一步都扬起纤尘。空气略湿润,像回南天的翌日早晨,透着一丁点霉味。

"等一下嚜!"我刚准备拿瓜,女士的声音又响起,"你是不是忘了什么事?"

本就茫然的我越发无措,下意识地看向"歌舞团"。戴冠的领队冲我眨眨眼,头向左侧快速地甩动两下。我循着他提示的方向,望见一个黑底红纹的水盂。凑上前去,清水摇曳,映出我仓皇的面容。

"这才对嘛。"女士的语气里传达着满意,"在我们轪侯府做事,必须懂规矩,知礼数嚜。"话音未落,纤手的侍女捧出一个水壶。我赶紧把双手伸向盘中。

"抬高点嘛。"侍女纠正我,"都快泡进去喽。"

刺骨的清水淋上我颤抖的手背,又洒落在水盂。这个十几岁的女孩萌生出雕塑般的圣洁。

女士和侍女的口音,总觉得在哪里听过?轪侯是谁的爵位,好像也有耳闻?我枯肠搜遍,在模糊的意识里探寻答案。但我也清楚，洗手只是服务流程的一环，威仪凛然又盼"瓜"若渴的夫人正在热切地等待。

夫人手杖点地，发出"笃笃"声，似在催促。我两手成掬地捧起甜瓜，跑到夫人的几案前。

"喏，放这儿。"夫人努努嘴，显然对这个蠢笨木讷的下人不甚满意。我低头一瞥，双耳漆盘的红底上写着3个黑字：君幸食。

马王堆！辛追夫人！那幸福的闪电告诉我的，我将告诉每一个人！

破案了！原来轪侯是利苍，那亲切的语音语调，是长沙塑料普通话。我竟然穿越到西汉初期的长沙国，为辛追夫人服务了一把。正当我满心喜悦地奉上饭后蔬果，一小片指节大的黑影从甜瓜里窜出来。

"啊！"辛追夫人尖叫。我猝然醒来，睁开眼，酒店白色的吊顶边缘，已经洇出浅浅的褐黄。一只"小强"纹丝不动地趴在上面。我见蟑螂多反胃，料蟑螂见我应如是。这是我一天中和它的第二次相遇。

此行长沙，为一部纪录片做前期调研，对辛追夫人生活之精细雅致赞叹不已。从湖南省博物院归来，回到酒店，插上电卡的瞬间，与"小强"兄邂逅，想到2025年仍在坚守30年前的差旅标准，不免百感交集。为人到中年还能吃苦而自鸣得意，又为艰苦无绝期而兴思古之幽情。

人都说日有所思，夜有所梦，我这"现世报"来得也太快。翻身拿起床头柜上的手机，凌晨5：43，一条未读微信。习惯性地点开，来自夫人，不是辛追，而是自家的那位。

"出差不要熬夜，注意身体，周末还要打包行李，搬去新家。"

"总经理型人格"（ESTJ）的夫人已经对我即将到来的周末进行了列车时刻表级别的统筹规划。而我，一个"小蝴蝶"（INFP），到底飞不过夫人这片沧海。古时如此，当下亦然。

中年男人须知，夫人之命，重要过生命，以梦为马，牛马也是马。

眼睛里的光

简玮骏

来自中国台湾的眼科医生,现担任上海艾嘉瞳心眼科门诊部院长。日常工作是帮大家看清世界。工作之余,热爱足球,经历过无数个阿森纳"争四狂魔"的岁月,依然对枪手爱得深沉。也热爱音乐,"五月天"资深歌迷,从《拥抱》听到《任性》,人生自传是《任意门》。

我常常做梦。在梦里,有无数双眼睛飘浮在半空中,有的清澈透亮;有的眯成一条缝,努力想看清;有的紧闭,害怕睁开后,世界变得模糊。我伸手想触碰它们,可每当快触到时,梦醒了。赶紧洗漱后换上衣服到门诊部开启忙碌一天。

工作是在诊室里与近视斗智斗勇。一个男孩坐在裂隙灯前，下巴搁在托架上，眼睛瞪得大大的。调准焦距，将光束打在他那清澈的眼睛上仔细检查。再看了眼这次复查的数据，与上次相比较。

"医生叔叔，我的度数又加深了吗？"他问，声音里带着孩子特有的那种不安与期待。我点点头，他的肩膀便垮了下来。他的母亲站在一旁，眉头紧锁："怎么近视度数又加深了？明明已经点了低浓度阿托品，也换了离焦镜片……"

我理解她的焦虑。这样的场景经常在诊室内上演。孩子们的书包越背越重，眼睛的负担也越来越沉。课本里的字、平板里的动画、手机上的游戏，正悄悄地蚕食着他们的视力。

有时，会梦见自己在手术室里，握着飞秒激光的方向操控杆。显微镜下是一双18岁向往美好生活的眼睛，角膜在机器蓝光映照下是唯美的。调整着操纵杆，用闪烁的绿点瞄准中心，28秒的激光扫描后，把困扰他多年的厚重眼镜摘掉。手术很成功，第二天复查就能看清世界。可在另一次的梦中，术后第一天复查时患者略带失望地说"简医生，我怎么看不清了！"正当苦恼时，一下惊醒，"呼！原来是梦啊！"我擦着额头上的汗珠。

我知道这梦从何而来——恐惧。近视手术是安全的，可它终究是一种选择，一种权衡。见过许多年轻人，渴望摆脱眼镜的束缚，却又害怕未知的风险。他们问："医生，手术真的没问题吗？"我回答："根据目前的数据判断，是可以做的，但没有一种手术风险是零。"可他们真正想问的其实是："我的眼睛真的可以百分百安全做近视手术吗？"

在五官科医院攻读研究生学位、和导师周行涛教授学习的这些年，逐渐明白，近视"防控"远比"治疗"更重要。

曾去过一所小学做视力筛查，教室里坐着一排排孩子，他们轮流站在视力表前，有的孩子眯着眼辨认"E"的开口方向，有些孩子摘掉眼镜甚至看不清较大的那个视标。保健老师苦笑着对我说："我们虽严格控制孩子在学校看书的时间，每天保证有一堂体育课，可班上近视的孩子还是越来越多。这是为什么？"

我无法给出完美的答案，只能建议更多的阳光、更少的屏幕、更科学的用眼习惯。可现实是应试教育下的孩子似乎注定要在书本和电子设备中成长，而近视似乎成了某种时代的"宿命"。

某天夜里，又做了梦。站在一片开阔的草地上，阳光温柔地洒下来。远处有一群孩子在奔跑着相互追逐，个个眼睛清澈明亮，没有厚重的镜片，也没有眯眼的习惯，世界在他们眼中清晰而鲜活。忽然觉得，这才是我真正想看到的"梦境"。

醒来后，望着窗外的晨光，楼宇缝隙间透出了淡蓝色的天空。我知道，现实里的近视防控仍然艰难，手术台上的选择仍需谨慎，但至少我还能做些什么——让更多的孩子晚一些戴上眼镜，让已近视的人尽量不过快加深，让适合手术的人安全地重获清晰视界。

梦会醒，可眼睛里的光，不该熄灭。

野梦飞舞

○渠成

> 55岁就实际上退休了。就本专业而言,全国主持人"金话筒"奖、中国广播影视大奖、范长江邹韬奋新闻奖,算是大满贯吧。专业以外如写作、摄影、作曲,爱好罄竹难书,被同行戏称为最不务正业的主持人。还有个名头——消费者权益保护法律专家。这个我认,不服来战!

20世纪80年代,莫名其妙地去复旦大学图书馆借阅弗洛伊德的《梦的解析》,翻了没几页就还书回家——这不是我的活儿。

而看《廊桥遗梦》时,我正处在廊桥"梦遗"的年龄。

年幼时,想当空军飞行员、画家或教师,从没想过当工人农民,觉悟很低。稍大一点,又想当歌剧演员、运动员或律师，但全黄了。高二时，籍贯上海的我竟然迷上了播音，高中毕业去学会计，毕业后打了一年算盘，业余吭哧吭哧苦练五年，居然梦想成真，于1986年考上上海人民广播电台担任播音员（时年21岁）——这是哪位祖宗烧的高香？

你看，这都一阵一阵的，都是些鸡零狗碎，毫无规律可循，更不可能一以贯之。耳边不免刮过好高骛远的嘲讽和脚踏实地的劝诫。我则回了一嘴：你忙你的，别耽误我做梦和圆梦！

千禧年前夕，突然对作词作曲编曲有了兴趣，便买了KORG合成器，啃下整套斯波索宾的《和声学教程》以及曲式、复调、配器法教材。天哪，这可是音乐学院五年制作曲系学生学的课程。我这个人有点儿轴，想干一件事会放过别人，只跟自己拼命。听说如果不能变现，只算业余爱好，我就开始变卖我的词曲和编曲，甚至卖唱，竟然有傻子被我忽悠替我付学费，润喉和润笔还挺温润。对了，动画连续剧《天上掉下个猪八戒》就是我唱的。

至于被抓去演话剧和电视连续剧，那就纯粹是玩票了。

2010年，又突然对摄影感兴趣。我擅长含沙射影，而且从小学绘画，不大看得起摄影，但一旦学了，便知道行很深。先从器材开始喽，把音乐挣来的钱都毁在了买机身和镜头以及周边上，还整了篇讨论"正空间和负空间，唯一性、对世性和排他性，内心视觉和内心听觉，多元综合的美学高度和深度"的论文吓唬人，更假模假式地出版了摄影画册《无影》，办了7次个人摄影展。由于现在满大街退休老头冒充摄影家协会会员对着女孩狂拍，我对摄影又不感兴趣了，一堆器材可咋办？

有一个梦，我是认真圆的——学法律。由于家庭成分的原因，我高中毕业时被禁止报考政法类专业，灭了我的律师梦。工作后做的是法律节目《渠成热线》，政策又允许。虽然我此前学中文和经济管理纯粹是混文凭，但法律是基于兴趣和工作需要而认真学的。本科毕业后，我专注于消费者权益保护的法律、法规、规章和地方性法规的学习研究。此类条文卷帙浩繁，要熟练掌握和准确运用是有难度的。但我不信这个邪，硬啃得滚瓜烂熟，了然于胸。这次，我算真正圆了一个年轻时的梦！

我喜欢写作，但从没有做过写长篇小说的梦，所以谈不上圆梦，但这件事反被我做成了。有朋友撺掇我写《无影》每幅照片的摄影背景，我就得意扬扬地写，可写着写着倒像是摄影故事，就着画面还让我想起很多酒桌上听来的人和事。干脆一不做二不休，写起了长篇小说，共30万字（二十二章），定名为《我》。甫一定稿，我一拍脑袋——我不是播音员嘛，何不亲自演播呢？便花了7个月录音，花了6个月修音。音频合成完了，又一想，何不亲自作词作曲编曲演唱演奏，为小说配乐呢？搞定后，再一想，何不为小说配摄影、绘画图片，并配诗词呢？等花了整整3年搞停当，集小说、演播、配乐、摄影、绘画和诗词于一身的《我》终于出笼，付梓出版。而我，整整瘦了20斤。

不得不说，我从小到大爱做各式各样的梦，喜欢自以为是地去圆梦，乐此不疲，直到头破血流。这没什么，还有下一个梦等着我去圆呢！

回过头来看，有些梦圆了，更多的梦成了黄粱一梦。

但以后要小心了，毕竟夜长梦多。

洪流

梦里不知身是客

法律从业者本身就背负着巨大的压力，而在沉重的时代里这种压力更加沉重，对于神经衰弱、感觉敏锐的作者来说，这种压力不仅统治着他的现实世界，还侵入了他的梦幻世界，让他无处可逃，没有真正的梦幻。唯一值得欣慰的是，他在梦里可以飞翔，可以和另一个世界的亲人对话，这是梦幻世界里他最后的后花园。

在边疆法院工作时，刑庭是法院的窗口部门和重点科室，法官都有配枪。有个同事平时会梦游，有一次不知梦到了什么，拿出枪来乱射，醒来后枪被缴了，工作位置也从刑庭调换到了民庭。

枪被缴了，对他是一种不露声色的侮辱。也许你可以在梦幻世界里做一些暴力的梦，但不能越线进入真实世界。法律不仅管束真实世界，还管束着梦幻世界。

我的睡眠始终是很浅的，每次睡着了就开始做梦，几乎没有不做梦的时候，甚至于喝得酩酊大醉后还是会做梦。和其他很多不做梦或者少梦的人相比，也许是赚的，也许是双倍地亏。做梦成了我活着的一个标志，白天在忙，夜里还在忙，感觉"梦里不知身是客"这句话特别适合我。

在法院工作了几年我就离开了，这跟我无休止地做梦也有很大的关系。白天累，紧张，夜里还逃不掉，大部分时间都在做跟案子跟业务有关的梦，甚至于有很多血腥的场面。幸运的是，在那个世界里我永远都不会死，我会屏气，会逃跑，伤口还会自动愈合，死亡对我只是一种压抑，而不是终结。

等我肉体快死亡的时候，我打算赶紧跑到梦幻世界里实现永生。

后来的梦就开始变得乱七八糟，跟工作有关的，跟朋友有关的。后来喜欢上了摄影，梦里就出现了各种超级壮美的风景。比如高山，位于远方的高耸入云看不到顶的高山，巨大到让人心生恐惧。我和几个朋友开着车奔着大山走，走了很久，大山依然纹丝不动。过一阵子夕阳西下照在大山上，整座大山都呈现出令人惊叹的金灿灿的色彩，这色彩在人间是从未看到过的。我慌不迭拿出相机准备拍照，却发现相机的快门无论如何都摁不下去。

有时会梦见自己在天上飞，看见身下无数从未见过的美景缓缓流淌，赶紧找相机，发现相机不见了。于是就用双手卡出个取景框，把美景一一留在心里。

在那个梦幻世界里，我发现世界上最美丽的风景就在自己的双眼里，而不是相机的取景框。

随着年龄的增大和肉体的衰老，色情的梦越来越少了。梦到美丽的女子，时间都很短，正要行苟且之事时，人就会醒过来。赶紧又睡过去，希望重新回到原来那个梦，但几乎未成功过。醒来后查了一下 DeepSeek，假设人有 70 年寿命，睡眠就要占去 23 年，工作占了 10—15 年，吃饭 4—6 年，而做爱的时间仅仅只有 0.1—0.3 年。所以，春梦的多少，其实是跟现实中的做爱时间比例有关的。

梦是现实的镜像。不过现在科学这么发达，AI 无所不能，也许可以帮我们多做几个春梦？这应该比人类去火星简单多了吧？

有一次回到父母家，看地上脏了，家里乱糟糟，就拿了拖把开始打扫卫生。父母还是老样子，父亲完全没有阿尔茨海默病的样子，问我在上海上班压力大不大，我说还可以。父亲一副担忧的样子，说如果混不下去就回来，再找人帮你找单位。我说不用的，我混得下去的。打扫完卫生，我说我要去赶飞机了，父亲就送我下楼，我走向小区门口，走了几步，回头发现父亲不见了。

醒来抹抹脸上的泪痕，想想父亲离开我们已经一年多了，他在我的另一个世界里依然念着我，担心着我，总是会来看我。

窗外晨光初放的鹅掌楸，呈现出夏天清净的艳绿，提醒我又回到了现实世界。

龙猫站的应许之约

○ 王海

笔名大头费里尼,前媒体人,目前旅居日本。晃荡在东京的异乡钝感族,迹近晚年的合宿学车初心者(寄宿驾校初学驾驶者)、半职业码字人兼键盘奴、口味莫衷一是的咖啡爱好者、脱头落襻的城市观察者,擅长在胶囊旅馆、全室可吸烟咖啡馆及午夜公共洗衣房捕捉都市谵妄,用加密文字复写现实龃龉。"海上伤痕综合征"常年患者,表现为不顾外埠读者感受坚持用半咸不淡的费氏沪语写作,对世间企图控制心智的一切从思维话术到马拉松均时刻保持警醒并杯葛之。

补考当天凌晨,我梦见了 Z。在一个与龙猫同名,叫 Totoro(土土吕)的乡间小站。

Z 是我第一天在这家东九州合宿驾校报到时负责接待我的教练——后来根据我的观察,觉得他可能是这间驾校的二当家。几个月前,我遍寻日本列岛,终于找到这间肯接收不懂日语的中国人的合宿驾校。合宿，就是住读，15天一站式搞定——所有驾驶技能全部在校内修完毕业，回东京再考个100题理论即可拿到驾驶本。

知道我不会日语，我和Z的日常交流全部靠散装英语。我俩将遇良才，沟通丝滑。第一次见面，他报上姓名，我就笑，讲：啊，你的姓，和日本著名的悬疑小说家一样啊。他也笑。我继续：嚄，你的名，是日本著名剑侠啊。我吃不准"剑侠"是不是应该叫"Sword hero"，于是调用了一部好莱坞的电影，讲：Gladiator。

差不多谜底就是谜面了，但是日本人不兴随意挂人真名，所以还是叫他Z吧。

驾校的日子波澜不惊。越南学员最多，很吵，喜欢外放音乐。其他中国人和长相高度相似的头巾黑妹来来去去。转眼到了内场考试。

我找到Z，讲：Can you test me？

Z笑笑，手做敲击键盘状：康比油达（computer）。

我：You can control the computer。

他霎霎眼，不响。

次日考试，考官是一个慈眉善目的胖子。松弛心态下，我居然挂了，出 S 弯时，后轮掉了。我默念一声"八嘎"，咬牙继续。胖考官像奥特曼一样双手交叉在胸前，毅然宣布我出局。

补考在两天后。就在第二天的凌晨，我梦到了 Totoro 站。

Totoro 站是一个真实存在的无人看守小站。从驾校出来左转，经过一大片我从未见过屋内有人活动痕迹的一户建（服务于一户家庭的独立住宅），再走过一棵缀满明黄色叶片的黄花风铃木，横过马路，就到了站前。电车每小时一班，通往学校的宿舍。

梦中的龙猫站，雾气迷蒙，站前杳无人迹。布告栏上，时刻表一片模糊，只有左侧贴着的二维码闪着微光。我像是刚刚经历莫名的宇宙跃迁，茫然无措。二维码边的日文我看得七七八八——扫描，会显示几点几分你从这里上车，等出站时作为依据买票。

我摸出手机准备扫码，居然发现斜下拉手机屏幕后，二维码扫描标志不翼而飞。铃声响起，这是左侧电车进站的标志。我满头大汗，情急之下打算举起左手，把手表和车站同框拍照留证，居然摁不动手机拍摄键。

电车进站——哦，不是电车，是一部蒸汽机车。氤氲中，一个低沉的声音穿透迷雾：OK桑（我名字的日文发音），GO！

我去，司机居然是Z！黝黑的肌肤，狡黠又憨厚的笑，此刻把他空投到上海崇明，毫不违和。

那一瞬间，我不太相信只是梦，因为攀扶而上的机车抓手金属质感冰冷，真实到髓。

车厢里只有我一人。Z已经不看我，目光坚毅直视前方，嘴里念念有词，右手在空中虚虚地比画，像在指挥一支不存在的乐队。

铁轨微震，烟雾中汽笛喷薄。况且况且况且，野马狂飙向前。晨间的雾气渐渐散去，方塘鉴开，快速掠过。左手不远处，黛色的海岸线泛起泡沫，层层叠叠袭来。

我在满含笑意中醒来，搭8点全家超市门前班车去驾校。

办公室前台布告栏前，和我一期补考的一男一女两个越南人互相击掌发出欢呼。我凑上前，在考官一栏的名字中看到了Z。

一双大手搭上我的后颈，非常中国地按了几下。

我回头。是Z。

他朝我霎霎眼睛，低声说：刚八代（加油）。

那一刻，我知道我拿到了一份应许之约。

一〇 朱学东

一生三世

出身乡野,自小体弱多病,却爱读书,爱沉浸书中。1989年中国人民大学哲学系毕业,去高校教马克思主义原理,考研时政治课没及格。后来转而考公,但几年后又放弃铁饭碗,转而抱起了伊凡·克里玛说的"金饭碗",在市场觅食,干过市场调查公司、证券报纸、行业杂志、时政杂志和都市报纸。如今灵活不就业,虽有闲文若干,江湖酒徒更有名。

我睡眠很好,好到不可思议。我在任何状态下都能快速入睡,环境、茶和咖啡都不足以让我失眠。我在公交车上站着都能睡觉,不是假寐,而是睡觉;有座,脑袋一搁椅子,说话间就已沉沉睡去。年轻时,每次跟长官出差,在车上聊着聊着,困意就控制了我,将自己的虎口掐出血痕,也无法弄醒自己。想想,老长官是重度失眠患者,彼时的心情应该是很无奈吧。幸好老长官大度，我工作也甚卖力。

不仅嗜睡，我还经常做梦。像我这样频繁做梦的人，怕是找不出几个来，大概也是一种病。我不仅做梦，这些年还喜欢记录自己做的醒来还能回忆起的各种梦境，我的流水账（日记）里，记录了各种各样的梦。

年轻时包括读大学时我喜欢做白日梦。与夜梦不同，我的白日梦都是理性主导的想象。比如高中时对于大学生活的渴望和想象，大学时代对于浪漫爱情的想象，其实是年轻人读过的文学作品桥段的共鸣和代入，是少不更事的年轻人的绮梦，一种人生渴望。不过，这些绮梦后来无一变现，甚至，连我的夜梦中，也没见过它们溜达的身影，让我很是惆怅。可见人生多失败。

这些年我记录的夜梦，有与职场相关的，有与家庭亲友相关的，并不多，但独独没有年轻时的白日梦。我做得最多的梦，实在与众不同，都是与追逐逃亡和打仗有关，那些梦中，我都是被追逐者，永远打不死也无法摆脱身后的追逐者，最后都是被吓醒……

我后来追忆，大学毕业之前从未梦见过这种场景。追逐打仗的梦，应该是从20世纪90年代开始的，直到如今我步入老年，做得最多的，甚至也是日记里记录最多的梦。

2025年2月，我记录了自己参加欧战后幸存的梦，近90年前的遥远他乡的欧战与我有什么关系？我都没去过欧洲，这梦奇不奇怪？

最近一次关于追逐与战争的梦境记录，是2025年3月11日。梦中，故乡发生战乱，村里的人，都能看到北边大概五六里路远的庙桥狼烟滚滚，纷纷开始带着东西往南跑。我恰好在村里，是村里最后几个逃的，当时都能看到军队的前锋骑兵了。不过，在离家三里多的夏家塘村，我赶上了村里逃难的队伍，而夏家塘北侧的三夹里北，竟然有一个陡峭的河岸，桥已毁，马暂时过不来。过去三夹里东侧，确实有条河，叫黄泥沟，也挺深的，不过早已填埋造起了厂房。

在夏家塘，我们又遇上一批从南边跑过来的人，据说这扫荡是沿老武宜公路过来的。村里一位族叔告诉我，听说这次，他们除了要地，要抓的都是读书人和老师。我们村过去老师最多。挤在夏家塘后黄一路的人越来越多，都是周边村子的，恐慌弥漫……忽然就醒了，吓醒了，也没想起梦里追打我们的军队到底是哪方的。

我年轻时读过弗洛伊德的书，他老人家认为，梦是潜意识的产物，它们是对个人欲望、冲突和不满的表达。但是，我小时候因为体弱多病，从未做过当兵的白日梦。小时候喜欢看打仗的电影（也基本只有打仗的电影），但我读大学时，除了喜欢《第一滴血》这样的电影，也已经开始喜欢读《第四十一个》这样的带有反思的战争小说了，更不用说，后来即使读战争小说，也都是反省战争的。

奇怪。当然，最新的梦，估计和我失去家园的悲情有关。

后来跟朋友聊及我的这些乱七八糟的被追逐和打仗的梦，朋友笑言："朱学东，你的人生比我们丰富多了。我们只过了自己的一生，你还在梦中体验过不同的生活，还打仗去了，一世人生，过了两种人的生活，你赚大发了。"

我转而高兴起来，自嘲说："要这样说，加上年轻时的白日梦，我这算是一世人生，过了别人三辈子，真是人生大赢家。"

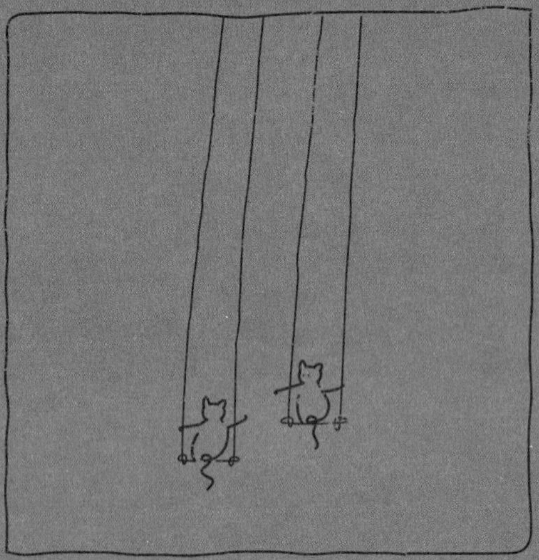

遥远的，
眼下

不著名影视民工，
被别人的梦想忽悠的理想主义单身胖汉，
居住在上海 8 平米房间内的普通人，
上海宝山大农村最胖的小狗之父，<u>巴根</u>。

　　她是我梦到过最多次的人。梦里好像我的恋人就是她。我在现实里和恋人吵架，吃饭，上课……到了晚上，会把这些事情跟她重现一次。

　　很多次醒来后，我都会发消息给她，说："我又梦到你了。"但她从来都没有回过我消息。

　　直到几年前的一个早晨，依旧梦到她，给她发消息，她回了我消息。

　　"请你不要再发这种消息了，因为这件事，我已经和好几任男友吵过架了，不要再打扰我的生活了！"

　　在那个早上，我的梦醒了。

　　删掉她的微信后，我再也没有梦见过她。而且，我好像再也不怎么做梦了。

丁青,

男,"90后",去年离异,看似解脱,但还是会深夜独自落泪。

梦见前妻叫我老公。

我很慌张,生怕她要复婚。

江帆，法学教授，现居重庆。

第一次做这个梦，女儿正在上小学 5 年级。她非常平静地浏览法院公告，终于在死刑栏里找到自己的名字。

她决定申诉，因为女儿不及格的功课只有一门，而规定的死刑标准是三门不及格。可又转念一想，何必申诉呢，这难道不是好运气？邻居家柳儿她妈上学期被判刑 3 年，然后就消失不见了。

当她重回这个梦境，已是多年以后。终于，通过了漫长的死刑复核程序，朋友们都为她感到高兴。她独自在刑场等待着，突然天色变得明亮，枪声始终没有响起，一群乌鸦从头顶飞过……她又回到了小学生的队列里，做着没有广播的广播体操，并总是重复第五节——踢腿运动。踢得心惊胆战，又冷又饿。

<u>爆爆</u>,
"90后",超爱做白日梦和超爱许愿的美好主义者,
因为具备以上两个特质,
所以如愿以偿成为喜剧演员。

    梦里跟我爸发火,很疯狂的那种,一直在爆炸,然后哭,把自己哭醒了。

    生活中我从来没有跟他说过那些话,也没有很大的情绪波动。

    梦做完了,有点累,但也很舒服。

    最近压力也有点大,过会儿我准备去爬山缓解点压力。

    我可能是一棵树,总想上山。

姜晨阳,

"95后"男士,现在在苏州的一家公司写标书。
因为这份工作,年仅30岁,却仿佛已经吃了60年的苦。
下面的梦境大多发生在开标前的晚上。

去看老中医,因为我经常梦到自己坠落,一个月至少一次。

在平地、悬崖、街上各种场景,本来走得好好的,再往前走一步,突然就掉下去了。

坠落后,自己抽搐一下,就醒了。

老中医说,神经衰弱的时候就会这样。

和朋友说了这个梦,她建议我还是去问问 AI 吧。AI 说我只是压力有点大。我就知道,谢谢 AI 医生!

忘川之上

阿罗

本名罗平,毕业于复旦大学新闻系,担任过记者编辑,创办过杂志,后回炉修读工商管理,做过广告、贸易、科技诸多行业的工作,亦出版"雅俗中国丛书"之《杂戏》、长篇小说《正常死亡》等。在纯文字与干薪资之间,姿态笨拙地认真瞎折腾。

  迷迷糊糊醒来时,已在乌篷船上,外婆怀里。河埠头只一盏黄灯,没照亮水面,也没照亮船舱。

  第一次坐夜航船,隔几分钟就问:"船什么时候开?"每一回,外婆都说:"人到齐就会开了。"很快,在不知是午夜还是凌晨的黑暗中,没等到船开,困意就压过了兴奋。

  彻底醒来时,正趴在外公的背上,看着他走在石板上、踩在浅水里的赤脚。青石板连成的长桥只比水面高出一点点，两边的溪水一波波地冲上桥面。

"这桥我认识。"扭动着示意外公把我放下来，"我小辰光见到过。"

外公呵呵笑着帮我脱鞋："小辰光见过？梦里看见的吧。"

"对呀，就是在梦里看到的。"春天的溪水冷沁沁的，我很肯定。

外婆习以为常："小人儿做乱梦，等一晌就忘了，真真假假的，小人儿自己怎么分得清楚。"

长桥通向一大片绿油油的田地，更远处，浅黑的山连着灰色的山。山溪流经处叫五乡溪，是外公外婆的老家。

这一次之后，下乡祭祖都走陆路：从市区到各乡新修了马路，公交车开开停停，可还是比航船快。

和很多乡县一样，五乡溪全境填河筑路，水泥路旁竖起第一批乡镇企业，造出了第一批万元户。

那个春夜的航船就停在了小辰光梦里头的长桥边。长桥无名，是浸泡在五乡溪流中的纤道石桥。

第二座入梦的桥倒是有自己的名字。

那一年，我刚上初中，正是恢复重点中学制度的第二年，市区内当时只有一所省重点，我得天天步行过江去上学——我家在离市中心半个城区远的江北，一座固定式的新江桥、一座浮桥连接了姚江两岸。

"盐仓门那里要造新桥了。"我告诉阿爷我最新的梦。

"盐仓门有浮桥，怎么可能再造桥？"阿爷用中指、食指和大拇指摸索着牌面，"侬就是想脚踏车了。"

"日有所思，夜有所梦。""乱梦是反的。"阿爷牌友们的看法高度统一。

江北虽地处"偏远"，但靠近入海口，有通往上海、大连、天津港的客货运码头，从港口开始，商行、钱庄、教堂、洋房，一圈圈地如水波般向市区涌动。阿爷他们曾经拥有其中的几个不同形状的泡沫。年轻时，他们是生意场上的合作伙伴、酒戏搭子和麻将搭子；乱世初定时，是接受再教育的改造搭子，捐出各自的洋房、搬入曾是帮佣住的偏院；气氛宽松后，重新成了麻将搭子。几十年的搭档，无论出于主动或被动搭配，对于麻将牌局和牌桌旁的一切，老先生们的想法和手法总会出奇地一致，和和气气地你胡我胡。

一年后，盐仓门开始封闭造桥——不是新建一座江桥，而是将老旧的浮桥改建成永固式钢筋水泥桥，名为"解放"。

解放桥落成后，阿爷的麻将搭子变成了散步搭子，天天组团拄着拐杖去桥上溜达，在用力踩着脚踏车爬坡的人眼里，他们的身姿很有些江北腔调。

至今，桥名依然是"解放"，桥身拓宽了。而江北，已是全新的高楼的江北。晨雾蒸腾的海面上，深灰色的大桥独自展开，看不清起点，也望不到终点。

我梦到的第三座桥。和以往一样，突兀且没有能与现实对应的具体的细节。驾车过海，在桥中央，在呼啸的海风中，无声地告诉自己：这就是它。

之后，我再也没有梦到过桥，任何形态的桥。

曾经想过：为什么会梦到这三座桥？

也想过：为什么只梦到这三座？

想不明白。

穿溪、跨江、越海，似乎穷尽了我梦中关于桥的所有库存碎片的组合可能。

如果继续"在梦中认真地做梦"，在世间认真地行走，也许，可能，我还会梦到新的桥吧。

祝你光明

胡卉

1990年生于湖南，毕业于复旦大学中文系，近年从事特稿写作，采写过许多公众人物和专业人士，也采访过许多不为人知的农村女性。曾获腾讯基金会谷雨奖，出版《木兰结婚》，入选《出版人》杂志年度好书。

  那座山好大，好高，不知道是不是咱这儿的雪峰山呀？有可能吧，我不记得了。山顶看不见尖儿，不，不是像咱们眼前这样，被普普通通的云雾环绕。是一大团的金光笼罩着山顶！那金光一明，一暗，不急，不慢，大地也随着轮转出白天和夜晚。金光一旦亮起来，比太阳还亮，映得整块天空光明磊落，像咱们屋门前这波光粼粼的湖水。我站在山脚下，看见风从远处捎来几朵紫色的云，朵朵像棉花糖一样胖，接着融化在无边无际的金光里，不见了。我看见不远处，无数的人沿着山坡往上爬，你追我赶，推推搡搡，想爬到山顶一探究竟。那条大路实在太拥挤。有人被后来的人拉着裤脚拽下去，一时裤子褪掉了，好狼狈。有人从山腰掉下了悬崖，发出一声惨叫。

我也想上山，看看那金光的源头到底是什么。是一尊镀金的神仙？还是神仙的坐骑？我对身边的伙伴说，我们不跟他们走。我们去找自己的路吧。伙伴欣然同意。于是，我俩走上一条没有指引也没有人的山路，有时弓着身子钻过荆棘，有时又有几步泥土松软的好路。我们一路说说笑笑，偶尔就地休憩。我们回望走过的路，眺望半山的风景，想象山顶的金光，感到这路走得越久，浑身越松快，越舒服。

我坐在小板凳上，坐在7岁的小伙伴冰冰和她阿婆中间，讲我昨晚的梦。我们啃着毛茸茸的酸涩的野山桃。

阿婆认真地问我，那你俩后来走到山顶了吗？走到金光里了吗？

我说，走到了。那一刻好美啊，我兴奋得不得了。

那很好，很好。阿婆微微一笑，用方言喃喃地说。她一只手掌端起我的脸，用大拇指在右边脸颊上轻轻摩挲着，眼神里满是爱意。她说，好伢子，祝你光明啊。

冰冰说，那个小伙伴是我吗？

我诚实地告诉她，不一定，看不清那是谁。

冰冰相当肯定地说，那必须是我，除了我还有谁？我们永远在一起。

将近30年过去，我依然清晰地记着那个梦，以及听我讲梦的祖孙二人。阿婆的话我过耳不忘，很可能因为那是七岁的我此生听到的第一声祝福，即使祝福缘起于一个虚无缥缈的梦。阿婆这人的反应，在当时的我看来也属异常。没有大人会给小孩送祝福。我们从大人那里接收的是说教，是训斥，而祝福要有一颗郑重的平等的心。听到祝福的一刻，我幼稚的心灵被另一颗苍老而平等的心灵摇晃了一下，一定感觉很新颖，很愉悦，因而是终生难忘的。

后来我知道，这位阿婆名叫欧召梅，生于1939年。幼年丧母，中年两度丧夫，老年丧子。多年来，她还需要照顾一个患精神分裂症的婆婆。病人会与天为敌，在电闪雷鸣大风大雨中，披头散发跪在湖边，手持三根香火唱诵跳舞，诅咒上天不仁。大概是梅山术的做法，场面瘆人。对召梅阿婆来说，命运如此崎岖，日常生活也是苦战，她却还保有一份心力去慈爱和赐福别人家的小孩。在我看来，这样的人是如此微弱，又如此强韧。

有时候，我在人生的某些节点反刍阿婆的祝福，也反刍梦境的内容，似乎从中受到隐秘的激励，做出一些迥异于多数人，然而事后证明正确的选择：比如一个人离开故乡，比如，从上海的机关辞职回校读书，又从深圳的高中辞职回家写作。又比如未婚时，我回到故乡，生下突然而至的亲爱的小孩。

有时候，我感觉人生已经无所谓对与错，得与失，幸与不幸。只要走在一条路上，就有这条路的风景可思可赏。每个人归根结底只有一条路。再微弱的人，也有他的一条路可走。

再飞一会

费多

生于湖南,先后就读于武汉大学和上海交通大学。诗人,小说家,著有诗集《复调》《标准照》,曾获《芳草》年度短篇小说奖。

有一个梦,反复做了多年。一个飞的梦。从少年一直做到现在。

在梦里,我无须张开双手就能飞起。风呼呼地刮着,尖利的哨音。从半空俯视,河流凝固,只有一片反光才能证明它真的就是河流。树木在奔跑,绿色的头发带着风的形状。它们在岸边追逐,推搡,呼喊。一列绿皮火车先是在幽深的群山中行驶，羽毛般的烟久久不散。而后，火车突然从隧道口窜出，雪花的簇拥下，红色车头上斑驳的油漆清晰可见。我继续飞着，侧身，翻滚，滑翔，大地微微倾斜，像要扑过来。

我的心跳变得急促，在梦里，我对自己说，再飞一会儿，再飞一会儿。

第一次做这个梦的时候我还是少年，在一座乡村医院里。医院在一个山坡上，后面种着一片桑树。那是在一个雨夜，当我醒来，狭窄的床像船一样在夜色中颠簸。窗外的桑树枝晃动，抖落着雨点的刺亮。

这个梦带来了奇异的自由和兴奋，以至于我希望每个夜晚都能来上一个。显然，这是一个不可能实现的愿望。不过，这个梦并没有消失，隔几年就会来上一次。开头几乎一样，看到的景象却有所不同。有时是在一片废弃的工厂区，有时是在群山簇拥的湖区，有时甚至在散发着硫黄味的火山区。那些陨石山，像章鱼的吸盘一样粗糙、危险。

过了多年，我又做了一个类似的梦。惊醒时，有那么一刻，我突然想不起自己在哪里。那是一次漫长的旅行，经历了多次转机。旅馆里的家具像是在黑暗中飘浮，过了好一会儿，我才慢慢地想起，这是在巴塞罗那郊区的一个地方。我来到这里，是作为记者参加消费电子展。我汗涔涔地起来喝水，窗外，是远处山上铁制红色公牛的剪影。

前些天，我又做了这个梦。在梦里，我变成了一个机器人，是那种由人类"进化"而来的机器人，正要去一个检查站接受"人类测试"，如果"人类含量"超标，我将面临放逐的命运——驱赶到地球。而地球，已经成为银河系最荒凉的一个星球。检查站那里，站着一排真正的智能机器人，他们戴着金属的面具，身上的铠甲也是闪闪发光，上面的编号代表它们是更高的类型——跳过了"人类"的环节直接生成。它们都手执红色的射线枪，监视着缓慢移动的队列。就在这时，我转身对后面一个"人类"机器人说，走吧，检查个屁。我说这句话的时候还带着湖南的口音，特地强调了那个"屁"字。不等那个机器人回答，我已经腾空而起，从检查站的铁栅栏之间飞了出来。在飞越一片茫茫雪原的时候，我身上的机器外壳突然脱落，一片片地砸向带着蕨类图案的冰面。我又一次对自己说，再飞一会儿，再飞一会儿。即使要去地球，我也要再飞一会儿。

我从来都不记得在那些梦中我是怎么"降落"的,所有的飞行都是突然开始,然后莫名其妙地中止。但是我总记得那句话:再飞一会儿。我知道自己在做梦,但是又不相信那是梦。

王左中右 / Remaking

本名王国培，生于 1984 年。江苏南通人。18 岁后求学西安、东京。现定居上海。在机构媒体做过国际新闻记者、财经编辑和新媒体主编，在社交媒体通过汉字创意解读新闻被一部分人认识。10 年前辞职创业，成立 MCN 公司并运营至今。目前生活三七分。七分时间与团队运营一些社交媒体账号，用粉丝与流量换些物质价值。三分时间留给自己写作和把玩汉字艺术，换些情绪价值。

  醒过来的时候是在一间榻榻米房间，似乎是下午，房间被太阳烘得闷热。我光着膀子，脖子上都是汗，夹杂着草席的清香。米黄色的墙纸上挂着一幅良宽的《天上大风》，复制品，木框老旧。

  推开移门，轨道里的滚珠一阵响动。客厅的餐桌上乱糟糟，月桂冠只剩瓶底一点，一只圆碗里盛着满满的味噌汤，应该是没喝过，已经凉了。旁边的圆盘里是一条烤青花鱼的骨架，肉都啃光了，剩鱼头挂在盘沿。还有几个盘子胡乱摆着，黏着零星的菜渣。

打开冰箱，空的。喉咙很干，得去便利店买点水。

玄关是另一个餐桌，鞋子是更多的碗盘，找了一处空地下脚，打开了大门。

屋外却是另一个天地。

门口就是大片的水田，阳光明媚。父母正戴着竹条编织的凉帽弯腰插秧。四奶奶也来帮忙了，在田埂边把秧苗一扎一扎放到簸箕里，然后再运到田中央。水田另一头，二姨妈和大姨妈正叉着腰休息。不一会儿，又弯腰下去继续插秧。

左手边传来说笑声。我绕过去，墙后的阴凉处，小姨妈和小舅舅正在聊天。脚上沾满灰黑的泥，泥还没干，应该是刚从地里上来。他们看到我，笑着拿了把小矮凳过来，示意我坐下。

水田隔条小土路，是个大大的鱼塘。干爷爷正撑着一条小木船在河中缓缓前行，顺带把渔网一点点收上来，一条条白花花的小鲫鱼在网上挣扎。

这时，鱼塘那头的楼房露台传来《小城故事多》。我才知道干爸也回来了。干爸平时住城里，周末回来照顾干爷爷。

为了不无聊，买了一台大大的录音机，只放邓丽君的歌。

露台被几棵杉树稀稀落落遮挡了，但我还是看到了干爸的身影。他也看见了我，手里夹着一根烟，下巴朝我微微抬了一下。这是他和我打招呼的惯常方式。如果不是离得远，我应该能听到他叫我一声"是枚儿能"。这是南通话，意思大致接近"小兔崽子"。

《小城故事多》的声音慢慢减弱，周围突然嘈杂起来，有汽车的鸣笛声，熙攘的人声，还有鸟叫。

我醒了过来。上海的夏天也到了，在冬天刚结束之后。

一个朋友是做服装设计的，曾经送过我一条手作的裤子。他把一条牛仔裤剪出许多破洞，再用黄色的豹纹灯芯绒、红色的麂皮、黑色的渔网补上，形成一条新的牛仔裤。在他们领域，这叫 remake。

梦也常常 remake。梦奔跑着，穿越时间，穿越城市，穿越国家，穿越季节，穿越悲欢，把不同的记忆缝到一起。于是，我走出 2006 年东京工作时住的那间日式小屋，走进 1996 年南通市港闸区陈桥乡的老家。

不同的是，梦比朋友更会选择碎布片，知道我更想拥有什么。

噩梦留人

○ 王恺

> 作家，媒体人，生于20世纪70年代，现居上海。当年父母从北京辗转到湖北的五七干校，我生在安陆，又随他们去三线工厂，再到宜昌，长江和两岸青山因此成了我生命图景里的一部分。三线工厂子弟都是故乡渺茫的人。既然找不到自己的故乡，高山、河流、大都市的高楼，便都是故乡。心安处，即是故乡。

一切梦境都在告诉你自己的秘密，是的，不管好梦还是噩梦。

过于依赖好梦，往往忽视了噩梦带来的信息，黑夜降临的时候，秘密逃脱了守卫，偷偷来到你的大脑，开始了舞蹈，你自己是梦的导演，我开始了我的一而再再而三重复的梦境。

我被追捕，被各种人，已经屡次做这样的梦了。这一天晚上，是严肃的通缉令，我知道我在危难之中，虽然不知道这个通缉从何处而来，但我清晰地知道，逃亡必须从今晚开始，我必须设计我的逃亡路线，从我的房子通往江边，到了水里面，就能彻底安全，我在心里反复告诉自己。

在我幼年生活的城市宜昌，长江从我们身边流过，而这个梦里的地形图，完全就是我小时候生活场景的再构造，从我的楼房到江边，要过一段沙滩，过了这边沙滩，就进入了江边的沼泽地，这片沼泽地里隐藏了无数无人知晓的通道，暗黑的江水永恒流过，但我知道那里是安全的。

孩子们在沙滩上嬉戏，他们是安全的，我知道，他们也知道，但是他们也是我进入长江逃亡的障碍，我不知道他们会不会突然叫喊，暴露了秘密，也不知道会不会有人真的去告密。孩子是知道世间一切秘密的，只不过成年人以为他们好糊弄，我必须和他们交朋友，只有把我自己也变成孩子，才能顺利到达温暖而黑暗的江水里，都是约定好的规则，于是我去和他们游戏。六七岁的孩子群，也有个别十几岁的，聪明，伶俐的眼神不断扫射，对准我，他们知道我要去江水里，那里是众所周知的逃亡路线，但是不能轻易告诉我怎么走。

沙滩是柔软的，流动的沙子，梦中也有愉快的触觉，玩着玩着，我忘记了时间，中间有个年纪最大的女孩子，是这伙孩子的首脑，她提醒我，你该走了。我顺着沙滩，从高处往下奔跑，深一脚浅一脚，沙子特别有包容性，我知道，只要到了柔软的江水里，一切就会结束。果然，最终我如愿以偿，顺着江水逃亡，我醒了，在黑暗的床上喘息。

我小时候生活的城市宜昌，有很多三线工厂，我们所在的棉纺厂也是支援本地建设而成立的，远离市中心，选址在长江之畔，到今天，我还清晰记得那个工厂家属区的一切地形地貌。宿舍楼、学校、招待所、工人俱乐部、食堂、幼儿园，高低错落于长江之畔。可以从学校后门的小路顺着田埂去江边的沙滩游玩，也可以顺着俱乐部门前的大路去江边，殊途同归。那里有绵延的、开阔的沙滩，并没有梦中那么多柔软的细沙，反倒是粗粝的石头堆积的江滩，中间有各种水洼，翻开巨大的圆石，下面有极小的水母，游动着，在阳光下闪烁着七彩光芒，这是此地远古是海洋的证据。本地人开发旅游，后来给这个水母一个好听的传说，大约是王昭君的眼泪变成了水母。

不远处就是长江，天气好的时候，我们就会集体背诵李白的诗，孤帆远影碧空尽，唯见长江天际流。是从体内往外涌出来的句子，不用老师要求就会背了。

再后来，江边的沙滩渐渐被挖河沙的人挖走了，江堤成了水泥，走到江边的沙滩上玩耍，成了被禁止的行为。更往后，这片地貌彻底消失了，这里变成了一片高楼集中地，呆板的、廉价的、成片的高楼，毫无灵性的建筑群，也卖不掉，因为房地产开发的高潮期已经过去了。埋在这下面的是当年我们的宿舍楼，学校，竹林，鱼塘，各种迷宫般的小路，我知道我的梦境和这个地貌的消失有密切的关系，但似乎也并不是这么直接。

反复做过这个梦。反复。都是从被追捕开始，被各种力量，包括军队，他们从四面八方杀来，我并不畏惧，因为知道有逃亡的秘密路径，我站在自己家的阳台上，站在学校教学楼的窗口，站在厂房的最高处，阳光迷眼，照耀着我的身体，也照耀着不远处的江面，像闪亮的绸缎，飘飘洒洒，但是在梦里，那是黑而甜的，温柔之地。

到达与脱身

谢方伟

资深媒体人,曾供职于《南方周末》《东方早报》以及《私家地理》杂志,策划出版过畅销书《与神对话》。30年前电影《肖申克的救赎》有张大海报,上面写着:"希望会给你自由。"画面是安迪·杜弗伦在雨夜从恐怖之地逃出生天,报社同事异口同声说:"哟,这不是谢方伟嘛。"

    住过的房子,租的买的,时间长到称得上家的,比之常人,算挺多了。但在很多年里,梦里的家,在意念上只有一处,不管梦中的形态像也不像。我家是在我学龄前搬去那儿的,大概不久就上了小学,一直住到考上大学去外地。当然四年寒暑假还是回去。等我毕业了,家也搬离了那里。

房子是那个贫瘠时代里很简单的两房,一左一右,中间是厕所、厨房、阳台,依次向后。读书的那么多年里,应该有很多事情装在那房里,但多数时候屋里空空荡荡,个别机缘下往事又杂乱地蜂拥而来。

这房子又像风筝的线,自己纵然并不真切,却牵连着那个时期的生活;那之前的大多没记忆了,那之后的划入成年,好像成了另一个人的故事。

仔细想,能想起一个个楼栋,哪栋里住着认识的谁,小学同学,神秘的罗锅,部队军属院,打群架遗落满地砖头的路,挖防空洞挑灯夜战的路,后建的菜市场,站得高高的卖肉美女,即使用手背梳理自己,还是因为猪油把鼻头涂得在灯泡下发亮。

无数貌似没有意义的细节,悬着那10年的日子,是与未来经风历雨全然无涉的断简残篇,但填补了你的来路,是什么也说明不了的考据和诠释,却让房子作为代表,在梦里戳一戳你,让你回看模糊的一个貌似无忧无虑的少年,不管认不认得出,那是自己。

它作为唯一的梦中之家那些年,我大概也从内心里守着那是我的家乡、我是那里人的认知。但这认知并不坚牢,经不起长时段的消磨。年深日久的漂泊，会把一个人的根拔起来，当被问是哪里人时，已经不能一句话答复了。

但梦在潜意识里还守着那房子，有时宽敞明亮，有时晦暗，我好像游魂在屋里移动。那片破旧且地基下沉的小区，奇怪地漏网了很久才被拆除。我至少回去过两次，第一次看看红砖墙和楼梯，好像用力一脚就可以踹倒；第二次前面的几排楼已经变成破碎建材堆成几座小山，我家的房子也拆掉了门窗，所以得以进去看看，房子是那么小，那么小，虽然记忆里并没有它具体的面积，而在梦里面积仿佛不存在。我其实不大仔细地看着，想能不能看到我家生活在里面的痕迹，一面觉得完全不可能，一面知道即使真的有，又如何还认得呢。我总是习惯性处心积虑地到达，却又马马虎虎地尽快脱身。

搞不清那是否也是跟梦境的告别，它渐渐不再被梦到。在那里去世的亲人，以前梦中相见，多数是在那屋里。一再地，一再地梦到。也有一次梦到其实她好好的，只是活在另一处，可以去探望的。后来她也不来梦里了，连房子一起，代表着那个家、那段越来越不相干的岁月的远去吧。

现在被问是哪里人,已经不只是认知上,连感情上,都已没有了答案。那座城市,那些街道,那个家,好多纠缠着少年心事的人,已经在心里慢慢消融,人也就此成了一个没有根的人,在别处浮荡。

唐克扬

一个梦与很多梦

清华大学未来实验室首席研究员、感知与意识研究中心主任，清华大学美术学院暨建筑学院博士生导师。曾任威尼斯建筑双年展中国馆策展人，也是参与众多人文科技艺术交叉项目的艺术家、评议人和召集者。著有《从废园到燕园》《长安的烟火》等学术著作和文学作品。

接到这个约稿我就想找个过去做过的梦。乍听起来，是梦的内容越离奇越好，或者在越古怪的床上做的梦越好，比如，得去西藏的什么山里……成千上万个类似的清晨我惘然坐起，感叹，睡梦中恍惚感受的一切比我白天苦思冥想的要有创造力得多。理论上，在这些可能性里找出一个，回忆个1 000来字，并不是什么难事。

不过，每个梦清晰的脉络似乎就像清晨的露水那样，随着一线阳光，转瞬蒸发，快到想在手机上敲几个字都来不及。但是梦并未丢失。每个夜晚它又如期而至，填充每次睡眠。我感到梦有形状，像个立方体。我说不清它的边界是什么做的，就像搞不清住了很久的高楼的外墙究竟是什么材料。但是我能冥想它的内部，层层道道，仿佛破布和棉絮，一次次把人生塞得严严实实——你并不喜欢这种充实，不过在寒冷的冬天，每种层次，都是你感到的温暖实在的一部分。

这种情况下所有梦其实就是一个梦。我总看见几个特定的场景，每次做梦会把这些场景渲染一遍。绝大部分时候我会梦见阴天、黄昏、夜晚，毕竟梦本身就是阴郁的。我小时候生活在江南，一个以黄梅天出名的地方，也是华丽和污浊奇怪并存之处。梦中，总有点"锦衣夜行"的意思，穿得漂漂亮亮，手里会多个什么道具，小时候常提的铝制饭盒或者别的，丁零哐当，走着——我们都以为看见的是路，其实藏身晦暗中的才是路。这是在做梦嘛，没完没了地暗夜行路：一片漆黑的情境中，向哪个方向走都是路。

按说这样的梦里面什么都没有，你连起点都没有。确实，开始梦中总是死寂，静悄悄四顾无人，但隔段时间，一切又悄然无声地冒出来，如同森林之魅。我母亲的老家句容，古越语中的意思是"树很多的地方"，很久很久以前……那时候江南的"很多树"也许是石炭纪到处都有的热带沼泽植物，比如高大能长到50米的"鳞木"那样的，不是近古以来才出现的小桥流水。滴着水的森林里面，石头上青苔密布，湖水稠绿并不流动。在梦里，你以为你已经逃离了醒着的时代，渴望着有个新的情节，可是好不容易到了"别处"，却久久没有动静。

你梦到的终会是个有人的世界，一层层梦的渲染，比巨然、范宽更有气魄，留下山水画般的世界成长史，仿佛是我所有小学教育的重演。周遭的一切是庭院，仿佛深不可测的大户人家的花园，我都不知道怎么一下就从石炭纪过渡到了万历年间，也不知怎么就到了立方体的里面，不光是精巧的园林还像是座多个放映厅的电影院。院墙外，看得到城市那一道道岗，有人马上马下，往昔在一幕幕地上演……王爷原本在他的水晶床上，只见一道血光来，叠在一起的几百个世界，就眼花缭乱地旋转起来。

梦醒时我意识到，一切，也许只是散落的现实碎片潜入了我的下意识。我无法消化它们,只能允许它们一次次地重新回来。白昼是亚当·斯密的看不见的手,夜晚就会是决定论者的"历史剧场"。大多数梦中的演员因此光鲜亮丽,而且,只有在南方多云天气里日头毫不强烈的泛光下,才是这种微微新艳的颜色。这地方是金陵、杭州城、成都府并不重要了,在梦里我似乎遇到了世界上历史里所有的人,即使他们可能说拉丁语,使用佉卢文,他们都是交租谷的穷苦人,在一旁的胥吏呆呆独立,并没有宣读公文,这同是痴儿们在炊饼摊子上醒来,开始讨生活的一天……在恍惚中,你能感受到的一切数量惊人,这,恰恰也是每个梦都是所有梦的明证,经验被千万次地压缩了,周而复始。但是在梦里一切也只是一瞬,密度极大,我来不及关心具体,谈不上好奇"哪一个人"。

梦的立方体是有限的,就像电梯一共不过十来个人,却仿佛是人间所有的戏剧。大部分"演员"我都不认识,戴着面具,但也偶有熟人,有所爱所憎,有僧有道,或许还有垂死的大师,为了一点遗产,亲戚们无休无止地争吵。这一生人们活着到底为了什么?昏聩的将军正与一个厨子聊着,这样的话题好有哲学意味,一切庄严都在准备之中……但梦里这出晦暗的戏剧一直都在筹备，事实上不会真的开演，开演你就醒了。貌似无边无际的大海上有好多船只，一旦汽笛鸣响，一切就离开了你的眼界。在突然就抵达的顿悟里，你其实从来没有"出发"。

但是我也会梦见晴天，应验了《圣经》上的话："我在暗中告诉你们的，你们要在明处说出来，你们耳中所听的，要在房上宣扬出来。"

有碧蓝高天的晴朗的一瞬……总像是个残夏的午后吧，日光依然热烈，只是没有了溽暑时的温度。不知怎么我就走出了立方体，面对一堵墙，一个边际，芳草、野花、藉卉饮宴的公子王孙。短墙后的世界有无边无际的树木，星星点点的废墟般的村落。透过残缺的窗口，我看到天然的山水图画，山外青山。也许你踞坐在野餐的榻上，还在不耐烦地变换着姿势，天气着实热。潺潺汗水从额头流下，让你禁不住起身，离开了最好的座席。也许从那一瞬间，你就预感到一切要结束了，不管是槐树国一梦还是黄粱一梦。不是花园，而是梦里花园没有的香气，让你感到了某种前所未有的诱惑。晴天不是立方体状的梦，这无边无际的短暂灿烂将会以梦的消失为代价。

走近前去……蹑手蹑脚地，唯恐惊动了什么。不经意间，我在深草中看到某个人。她正在刷洗一匹健硕的红马。微风拂动。起先，马儿浑身是泥，有些已经黏结成了条缕，它还不大习惯棕毛刷子上的力道，拧着头像是想走开，又受制于拴在辕木上的缰绳和嚼口，无奈，只有呼哧呼哧直喘粗气，原地蹬踏。

渐渐地涮净了那些泥水，又取来水塘里的清水重过一遍。理顺了并且湿淋淋贴在身上的马毛像一匹光滑的、火红的绸缎，通体筋肉闪亮，它的喉中发出舒服的嘶嘶声，不再如起先那般抗拒。她专注地刷洗着马儿，甚至没有抬起头来看我一眼。

我走得那么近，已经看见她额头上的汗水，一颗一颗晶亮。她还是那么聚精会神地做着事，全不顾我已经悄然走近。我甚至闻见了一种现实中的人味儿，混合着紫苏、荆芥和旃檀的气息。顺着这气息，越过垣墙，我看到外边夏天的田野，蓝得像一幅画布的天；觉察到满树满园的蝉鸣声，那么真实的响，如此真实的嘈杂，有如晴空霹雳。邻近是深不可测的碧绿的潭水。

她搁下马刷，提起木桶，向那深碧的潭水边走去。转过身前，在最后一瞬间里看见了我——我从华丽的夜梦中来，那与众不同的装束，一定让那女子感到了一丝诧异。备感欣喜，我热切地迎上前去，已经做好了准备接受质询。但是她没有片言只语，甚至不曾回首，只是更快地向远离我的方向行去，越过我，忽略我。

熟悉我作品的人可能意识到，这一幕也出现在我别处的梦呓中——这没有很奇怪，因为当我写到那一刻，也就是"走近前去"这四个字，我突然意识到，即使在立方体的梦中，我也有个从哪儿来又到哪儿去的问题。梦本是个空有泊船的港湾，它拴住了你的所有记忆不愿意放手。晴天却是很多个梦中具体的一个，是阴天的另一面和出口之一。梦"境"可能让你说不清道不明，是某种空间，但梦的命运仍系于时间，它恐惧方向、位置、视线。你从这头进也就必然从那头出。梦最终醒了。

"远芳侵古道"，野花如果真在古代盛开过，语言无法是那交通于古道的驿马。最后，离开无意识的那一瞬间，你在梦里看见的眼睛就像那深不可测的潭水。

定制梦境的人

蒯乐昊

《南方人物周刊》总主笔,业余写小说和画画自娱,现居南京。因为几乎每天都在做梦,且梦境异彩纷呈,模糊了梦与现实之间的界限,有时候忍不住希望夜晚睡眠中的部分才是真实的,而我们度过的那些白天,可能反而是混沌、无奈而又不受控制的幻梦。虚构的冲动,和对画面的敏感,可能都来自梦境的溢出。

朋友们常密密嘱我:如果你梦到我,不管是什么内容,请一定告诉我。因我从小便会做预知性的梦。在我身上发生的事情,我常常会提前梦见。密友如遇大事,我偶尔也会在梦境中提前知晓。这让我相信,在某个维度,时间和空间并非我们以为的线性逻辑。

在《盗梦空间》里,"造梦师"是专属身份,是有专业门槛的，因为梦境是分层的，越深层的梦境里时间的流速就越快，如果要修改最深层梦境里的事实，可以到浅一层的梦境里去处理。我就像个专业的 Dream Maker，对此深有体会。比如某次我清晨5点醒来，看了一下手机，觉得尚早，决定继续睡。于是又黑甜一觉。再次醒来的时候，起床喝水，发现床头的闹钟显示是半夜3点——第一层梦便是深层梦，醒来亦是假醒，在深层梦里，时间更快。

虽然与人分享梦境是荒谬的，但我早已养成了如有灵异之梦，醒来便记一笔的习惯，随便摘录一个吧：

梦见熟悉的星辰异位，深蓝色夜空上，星星跳动着小幅舞步，有些星星被连接起来，天空拉开一块，像剧场一样幻化出许多图景，如同西洋油画，色彩壮美，穿着华美袍衫的人物，巨大而优雅的仙鹤腾翼而飞，在空中又扭头回向，一个少年振臂升空，与仙鹤相会。

树林中一只奇特小兽出没，身高仅十余厘米，头顶有麒麟式的角，身上各处亦有同样质地的花纹，不知是角是牙，质若美玉。我欲细看它角上可有雕刻花纹，心道，怪不得古玉形状怪诞，原来原型在此。还未等我看清，小兽站住，回看了我一眼，便扭身向树林深处走去，我看到它背脊正中是一角质圆环，恰似玉璧，后肢弯折，也像回龙。

在它离开的地方，我捡起一枚巨大的玉琮。转瞬我已置身故宫，那里正在举办青铜器展。我们每个人手里都捧着一枚器物，列队向大殿走去。那些捧得诸神造像的，便嚷嚷着站在前头，我手中捧着的，只是一个普通的高琮型瓶罐。领头的男人咋咋呼呼，自己站在队伍最前列，示意我跟在队伍最后方，我照办了。这时候宫里头出来了一个人，他看了我一眼，喊道：你怎么能站在这里，举瓶子的要站在前面开路的。我心下惭愧，只得捧着那个器物，越过队伍朝前面走去，一路走，一路惶恐抱歉，对周围人解释：对不住，礼器，这是礼器。

到了大殿之上，巫师正在授课，他高大而微驼，伏于案前，手中持薄薄宣纸，底下是一本古装册页，他用一种小刷子，往宣纸上面刷一种半透明带点乳白的液体。老师解释说，这是他自行调制的显影水，果然，被刷过的地方出现了隐藏的诗句。都是古代文字，跟今文差别甚大，象形而曲，不可辨认。有一个字出现概率较大，且字形奇怪，以双曲线勾连。

我向巫师请教：此为何字？

巫师说，这个字是：必。

我把上下文连起来，得到两句短诗：鱼必覆，鸟必旋。

此时，一股巨大的力量把我压跪下了，无法反抗，膝盖被强制，只能匍匐在地，似乎那个更高的力量在逼我学会谦卑。一个深沉古老的男声在对我说话，要告诉我一些什么，又像在读书给我听。我努力记住每个字，很像经文，但也夹杂一些现代的表达。巨大的书出现在我面前，古老的锤金工艺，上面压印着许多花纹，有难以辨识的古代文字，仿佛死海古卷。每一张书页都是由两枚薄薄的金箔片合在一起，中空，中间灌入流沙。那个声音继续在读，当书页自行翻动时，便发出沙子流动的声响。

那道声音告诉我，此书名为"永恒之书"。

还想追问更多，那个声音却永久地消失了。

入梦与出梦

邵卿

自由撰稿人，曾在西藏从事 10 年生态环保工作，现居上海。

"梦见你了。"他在手机上敲下这几个字。

很长的梦。梦里是冬天。可能最近短视频看到太多东北雪景。母亲也还在。细节清晰到不可思议，从扎手的冰碴到嘴边哈出的寒雾。

能记得的是梦里所有人都没说一句话。在梦里人可能允许用语言之外的功能完成交流。有次梦到她被指控偷了同事的笔记本电脑。她不承认，但似乎又有许多难言之隐。他被信任和无法信任的情绪夹击，激烈而难堪，间以很多山林间的暴走状态。从始至终不需要说话，像从前绝大多数梦到她的时候一样。

"每次梦到你，都会给你写一封信。"他继续输入。

不仅写信。有了微信朋友圈之后，梦到她的当天，他通常会发一条"仅自己可见"的朋友圈，详细记录梦的内容。

这些隐秘的存在并没有让他感觉到鬼祟，但他知道它们经不起质问。基于这个时代绝大部分正常饮食男女的共识，他这做法毫无疑问非常过分：怎么可以这样呢？早有了新的情感、新的生活，却在梦里与那个消失多年的人纠缠不清？

他本可以辩解这是梦境而已，不是自己的选择，他无须负责。可是他不会这样辩解，他必须诚实。不是梦境勉强了他，是他选择了梦境，他只是小心地做到不曾主动期冀梦境到来。需要对任何人有个交代吗？他不觉得。然后他用缄默给梦境裹上厚厚的茧衣。

如果没有这些梦境呢？他会觉得自己像潜水员丢掉了氧气瓶。他知道他应该回答的其实是为什么不到水面上去，大口呼吸新鲜空气。

上不去，无法上去，她像一句美丽的口号挥不去。他想这么说：我只是在陈述客观事实，是这个事实让我成为梦境的囚徒。但他心知肚明，或许他根本舍不得水下的窒息感觉。

"梦里你总是一个样子。"他写道。

她只有一个神情，忧郁又温和地笑，像是某次分别时的面容。背景千变万化，但她看着他，仿佛永远不会忽然掉过头去。

AI流行后，他想，梦里这个"她"，是备份下来的分身吧，多年过去，这个小小梦境宇宙里的"她"和原来那个"她"早就不可能是同一个生命。所有的梦境都是牛角尖样的死胡同，不通向任何世界，不能连接任何活人。

也许梦太接近真实，或是时间太久，梦境和真实世界之间仿佛出现《黑客帝国》式的模糊地带。有时候梦里狂喜，醒来手还紧紧抓住枕头，青筋暴露；有时会在梦里再睡着，梦中的梦中也喜极而泣，醒后枕巾濡泪。而对曾经确凿无疑的记忆，有时他也开始担心那是梦境强行自我欺骗的伪证。

多年间毫无节制的烟和酒早就难以逆转地在他身体里留下了透支的疤痕。几年前一次暗藏杀机的轻微腔隙血管梗死，没有致命后果，记忆力却开始迅猛坍塌，有时写一篇短小文字，也要用手机包围式地查找好些个常用词和人名。

上个月，结合他的基础疾病，医生警告，未来提前老年痴呆的概率不小。那意味着会遗忘更多，说不定连进入梦境的钥匙也丢掉。

是时候了。他发现驱使他留在水下和激励他浮出水面呼吸的力量居然是同一个，都是真实活着的强烈欲念。

"离开整20年了。给你写过无数封信。没有一封发出去。它们树叶一样生长又落下，一年年堆积、腐烂。本该结束而没有结束的爱成为永不愈合的伤口。我低估了在长久的时间里这伤口能给生命带来的破坏。

"今年我50岁了。我们都50岁了。在50岁生日之前，我做出了一些决定，准备开始有些改变。"

哪怕是最美好的梦，也不该担负毁灭的罪责。他停下来，望着眼前的字。它们清晰地在那里，并未像之前一样被强硬地删除。

没有如梦方醒的畅快。他听见艰涩的重新开锁的声音。

生命的纠正

苏山

一九九〇年代初生于浙江温州。起初与温州格格不入,后来才深感家乡之重要。大学时被文学梦搅扰,工作几年后,决定出国念书,先去美国加州,硕士毕业后来英国剑桥读博。经过这番折腾,不知道离文学更近还是更远,但这件事也不再重要。

2020 年,我感到自己没办法在北京再继续待下去,于是从公司辞职,回到温州老家,每天只是去县城里的图书馆看书,回家后就早早睡觉。但心里并不平静,经常凌晨从梦里惊醒过来。有一天梦到祖母走丢了,但奇怪的是,明明走丢的她又出现在我身边,很慌张地拉起我的手,问为什么手机里怎么也找不到我的号码,她说她想打电话给我，但找不到。我跟她说别担心，就去忙别的了。等过了一会儿，我手上拿着东西准备去找她，没见到人，只是听到许多人在喊她的名字，我很紧张，也用方言大声喊。但她不见了。梦里有只山鸡跳到高压线上，摇摇晃晃地走着。醒来后，我想起前不久和祖母见过一次，她说见不到我，我从小就不停地换城市，以前因为读书，后来因为工作，总是很少和她见面。

后来疫情在全球蔓延，我去加州读书，在2021年10月1日早上，梦见我妈在老家楼下炒菜，风里好像有细密的蛛网。我的眼睛闭着，不知道自己到底身在何处，温州、深圳、加州，还是北京。那几年我总是断断续续梦到老家，还有夏天到来时风里的热。虽然在之前很长一段时间，老家其实都是我想要逃离的对象，我强行给它打上许多标签，方便给自己增加出逃的理由。对当时的我来说，只要待在老家，就意味着贫瘠的生活，无论精神还是物质，只有走出去才是机会，才会有人生。

我不知道这种结论是什么时候在头脑里形成的，明明嘴上说的是热爱文学，但又好像一直被某种单一的标准自我束缚。这种内心标准的匮乏，并不会因为离开一座城市而改变。2016年,我陆续在深圳和北京的文艺机构工作,在这两座大型城市,即便大家已经开始感慨经济热潮不再,仍同时做着许多事,急切地想要抓住可能的船票。有次我坐在工位上,远远听到书店老板从走廊传来鼓舞新同事的声音,"你要知道,你正在做一本伟大的书!"我不知道自己和伟大的距离到底有多近,但当时的梦是枯燥的:重复性的追逐、逃亡、世界的毁坏,乃至梦里还在工作——我并没有因此怀疑,反而笃定,必须这样,否则无路可走。

但有时候,梦也以另一种面目出现,纠正我的盲目。2018年,当我还在做着"北京梦"的时候,清晨的一个梦让我回到了那个想要逃离的老家。在梦里,我闻到南方连着几天大雨后,山上的毛竹林散发出的水气味,混着泥土的气息,还有小时候祖母村子里的炊烟和柴火点燃时的味道。农闲时,祖母会去捡松树枝,拿到家里当柴火。梦里我听到祖母和她的朋友坐着用方言聊天,她的声音洪亮,富有朝气。她们没有像影片一样呈现在眼前,而是以色彩的方式,以熟悉的声音。

醒着的时候,我几乎不会主动去回想老家,好像总有太多事亟须被解决,但这些被忽略乃至压抑的关于家乡的记忆会在梦境偶尔复现。在做那些梦的时候,我很少去分析究竟意味着什么,但它们激起了身体的情感记忆,还有很多刻意忘掉的感受,在我盲目时,这些梦也是对我偏颇生命观念的纠正。

爱的改写

钱佳楠

中英双语写作者，译者。在上海长到20多岁，因写作陷入瓶颈，决定转换语言，于南加州大学取得文学与创意写作博士学位，即将赴马里兰州的陶森大学任教。曾获中国台湾时报文学奖短篇小说评审奖，美国欧·亨利短篇小说奖。最近的作品是一系列关于美国城市的非虚构散文。旅居美国九年，辗转多地，内心极度渴望结束四处漂泊的生活。

我是极度缺乏安全感的人，这体现在我家公寓门锁的数量以及做噩梦的频率。

有一晚，我梦见自己的床底有具干尸，男人，四五十岁，要是人能像蛇一样蜕皮，那我看到的尸体就是人蜕下的一层皮，完整的，从头到脚，连着头发，穿着西装西裤，如偃旗息鼓的皮球，浑身的皮肤都耷拉着，可能已经死了超过半个世纪。他脸上的神情仍然是惊愕的,眼乌子弹出,嘴巴定格在因痛苦而抽搐的瞬间。而后,梦境追溯他起初是如何来到这间公寓——很多年前,这里住着另一位单身汉,这具干尸追踪妻子的行踪来此,他用自制的工具打开大门,听见走廊有响声,赶紧躲到卧室的床底,就在妻子和外遇翻云覆雨,嘲笑他"软弱"的时候,他气到断气,而后可能是因为南加州的干燥,就一直像腊肉一般潜藏在我的床底。

半夜醒来的我一身冷汗,赶紧打开日光灯,瞅了瞅自己的床底——没有尸体。

任何东西都可以成为我的梦魇。为了躲避校园枪击案,我逃进类似好莱坞西部片马厩的厕所,枪手一脚踹开木门,一步步逼近每一个厕位,踢开一扇一扇门,而后啪啪开枪,就在他走到我隔壁厕位的时候,我惊醒了。我梦见过潜伏在衣橱里的鬼,它们有着透明的身体,发现它们的方式是看挂着的衣服有没有鼓胀起来,因为这些鬼喜欢偷穿我的衣服。我梦见过街的时候掉入天坑——青春期时,梦中踩空意味着长高,而今跌落只是噩梦而已。

幸而,从年少时起,我就发现书可以慰藉受惊的心神。我的床头总放着一本书——有时是严肃小说,有时是诗集,但最管用的是大作家写给孩子们的书，好比《查理和巧克力工厂》——打开台灯，读上两页，没有什么噩梦是不可治愈的。

我也做美梦，不是中了福利彩票大奖，而是重回走过的城市。我和高中同桌在西雅图西部的阿尔基海滩上散步，梦中的她尚未结婚生子，我们看着沙滩上玩耍的小屁孩，而后小孩忽然转过身，朝我们跌跌撞撞地跑来，要我们去看他刚刚"造好"的新天鹅城堡；我和艾奥瓦老友在芝加哥的密歇根湖畔慢跑，不知道为什么，有越来越多的人跟着我们跑步——我们没有加入任何跑团，也不认识这些人——但我们似乎并不介意，而且有着挥之不尽的精力；昔日的恋人和我一起走在圣地亚哥的露天艺术集市，我们本来要找餐厅吃饭的，但一不小心闯入了这绵延无尽的集市，梦中有个女巫打扮的艺术家专门画面包，她说：这些"面包"可以吃，但吃了之后会有不可控制的特异功能，比如只能飞，不能走路，又或者能听懂所有动物的语言，但却失去人类的语言。"你们敢尝吗？"艺术家问。昔日的恋人仍是我记得的"人生队友"——这还用问？我俩早已经把手伸向画中的面包……

在现实中，我独自走在这些城市的街衢，独自欣赏这些美景，也未曾遭遇这些奇幻的场面。这些年频繁地搬家，我不断地和亲人、朋友，乃至恋人告别。甚至很多时候，这些年的记忆像浸湿的书页一样彼此粘连，不同的场景相互串场，堆叠。但这些梦给了我希望——或许，梦境会把我思念的人传送到最美的回忆景象中，补偿我的遗憾。谁知道呢？或许很多年以后，我老眼昏花，脑中的记忆早已被这些梦境改写，当我想起此生看过的最美的风景，身边总有最爱的人相伴。

一生在人间

李舒

八级码字女工，好读书不求甚解，好唱戏不务正业，好八卦囫囵吞枣的"三好学生"。读书是"相府老太太品位""看什么都是一个吃"，所以选择从吃来研究历史，著有《民国太太的厨房》《潘金莲的饺子》与《山河小岁月》等。2021年开始陪家人抗癌，感觉只要能好好吃饭，啥都不是事儿。目前专注病房人类观察。

住进肿瘤科，手表就没有用了。换上病号服之后，所有的时间都变成了"一会儿"："一会儿去医生办公室谈话""一会儿我来给你抽血"……至于这个"一会儿"是多久，有时候很短，有时候则很长，医生办公室里永远挤满了人，护士台呼叫铃永远在响，你只有祈求命运，让属于你的"一会儿"早点来临。

这是我陪着父亲住进八人间的第二个夜晚，他刚做完穿刺，在镇痛泵的作用下沉沉睡去，我的注意力完全放在隔壁床，那是一位老大爷，这个八人间的钉子户，住进来已经十天，肝癌转移到肺部，因为指标不达标，没办法做治疗，只好每天吊营养素。老大爷在我们这里很有名，凭借的一手绝活是打呼噜。说实话，我们从来没有听过这样的鼾声，不间断的咆哮，像狮群集结号，我斥巨资买来的降噪耳机毫无作用，到护士台去抗议，护士和我说了他的情况，当然只能谅解。

此刻，不知哪里一阵风，白色的帷幔飘动，我可以看见隔壁床上主人的庞大体型隐现其中。可是他纹丝不动，安静得不可思议。这太反常了。我有点慌张，要不要去叫护士？还是去看一看他？我终于决定站起来，伸手去掀帘子，我要看看狮吼功老大爷的安危。

就在这时，他忽然坐起来。

"我做了一个梦。"

他没头没脑地说。

我不知道是不是说给我听的，也许是，也许不是。所有的光亮都通过我掀开的帘子透过来，他的脸一半在黑暗里，一半略微凸显出来，黄色的光让他本就蜡黄的脸忽然有了一点神性。因为瘦削，他微眯着的眼非常突兀，那样直勾勾看着我。

"刚刚，我做了一个梦。"这一次，我确定他是对我说的，此时此刻，我的心里有点高兴，因为刚刚还在怀疑床上这个人的安危，现在他却可以和我讲话了。"你梦见了什么？"我问他。

"我梦见自己回到了老家的院子里，太阳很亮，院子里挂满红灯笼，我老婆穿着红色的新外套，满脸喜气地跑过来告诉我：'儿子要结婚了，就这个月办。'我心里一阵激动，想站起来帮忙布置院子，手却不听使唤，急得眼泪都快流下来。我老婆说，结婚还差10万块钱，我说没关系，我不治了，结婚要紧。我熬到现在，就希望看到他结婚，看到他结婚，我立刻就可以走。我早就不想在这里待了。"

他说的这里，也许指的是医院，也许还有别的意思。我不知道怎么接话，但我可以看见他的眼眶红了，嘴唇轻轻抖动，喉咙里仿佛卡了什么，声音渐渐微弱，变成了模糊的气音："我就盼着他结婚，结婚了，我就放心了……"

"好像一直没看到你儿子。是不是不在上海？"我有点好奇，住院这么多天来，我从来没有见过他的床边有男人。常来的老妪应当是妻子，面上从来没有笑容，她沉默地递水给他，沉默地给他看着吊盐水的刻度，到了时间，她伸手去按按钮，仍然是一言不发。

"我儿子在上海上班。"他似乎很骄傲，"但是在梦里，他说他不做了，辞职开公司当老板了，他说，公司就开在我们老家。老太婆说，在我们病房窗户这边可以看到他的办公室，我看了很多次，夜里那些亮着的窗子真多啊，都和我儿子一样在加班。"

"他因为加班所以不能来看你吗？"

"是的，他很忙的，他刚刚升职。我不能打搅他的工作，我这个毛病，生的不是时候。之前我刚生病的时候，他和我说钱不要紧，一定要治。这个病怎么可能治好呢？我晓得，治不好了。要是他现在能结婚，那就太好了，我就不治病了，不要拖着了，实在太难受了。"

我不知道说什么，我只好对他说："我觉得这是个好梦，你看，现在才9点。上半夜做的梦都是真的，下半夜才是反的。"

他的眼睛亮了起来："真的吗？"他问我，呼吸急促起来，连带着喉咙里发出咯咯咯的声音。我硬着头皮说下去："你儿子说不定早就谈了女朋友了，说不定真的下个月就结婚……"

下一秒我就说不下去了，因为他忽然直挺挺倒下去，大口抽气，眼睛翻过去，像一条溺水的鱼。我赶紧按了呼唤铃，走廊的脚步急促起来，急促起来，一阵风，先跑过来的是护士，量血压，翻眼皮，接着是医生……

我呆在那里，仿佛之前一切都没有发生过。我爸醒了，问我怎么回事，我说："隔壁床的，说他做了一个梦。"

大爷半夜被抬去ICU了，我跟着出去看，这似乎是肿瘤科习以为常的事，担架旁边，我看到了那个年轻人，那个被父亲赋予了很多骄傲的年轻人。此刻，他充满沮丧地站在那里，听医生讲各种事宜，身边是他的母亲，仍然沉默着，这一次，她张大了嘴巴，第一次表现出惊恐。

我想要走过去，告诉他们我曾经被这个人分享过一个梦，那也许是他最后的话，我想，我有责任告诉他们。我走过去时，他微微抬头，眼神透出明显的慌乱与不安。我递过去一杯水，小心地说："刚才你爸爸醒来，跟我说起，他做了一个梦，梦到你要结婚了。他说，这是他最想看到的事。"

他似乎更加沮丧了，开口是标准的上海话："伊不是我爸爸。"他停顿片刻，看一眼旁边的妇人，又继续说："他是我朋友的爸爸。"他说话时声音压得很低，仿佛生怕世界上有第二个人听见，但我仍然明白了"朋友"的内涵。"他带我回去过一次，然后他们就闹僵了，其实到现在也没见面。"

这个夜晚就这样过去了，细细想来，这是我在肿瘤科经历的最为惊险的聊天，虽然只是"一会儿"，有时候，就是一个人的一生。

张二棍 ○ 多梦者说

本名张常春,生于山西省代县西段景村,现居太原。少时技校毕业,常年山野奔波。写了许多自以为是的诗,做了半生患得患失的梦,获过一些承蒙厚爱的奖,出过几本敝帚自珍的书,比如《入林记》《搬山寄》等。心如止水是常态,但偶尔忧伤,偶尔幻想。近年来身在太原,梦想和头发一样渐渐稀疏,梦境和身躯一样逐日沉重。平日规规矩矩,客客气气,连做梦,都已端庄了许多。

想想,一个人于无尽的喧嚣之外,做一场酣梦。在梦中,忘我、忘物,缓缓凝聚成整座宇宙的中心,而后渐渐与万物的影子融为一体。而那原本趔趄在尘世间,沉重而笨拙的肉身,也会如无根的云雾,弥散开来,轻盈如一叶扁舟,舒展似一片白羽。

无论谁，在梦境中待久了，就会成为世界的边缘，成为无名无姓的烂柯人。再无炎与凉的春秋轮回，再无盛放和凋敝的悲欢更迭、流水汤汤的时间，经过他梦中的身体里，就会凝固成一座宏大而静默的冰川。这冰川般的独坐者把众声喧哗的人间遗忘得无影无踪，甚至，生死悲欢也会被他置之度外，仿佛他从未出生，也就必然不用遭受生而为人的饥渴之苦、病痛之忧、性命之虑。

多年来，我无数次用梦境来远行。在一棵被风刮弯的老树下，在一口落满枯叶的井边，在一条枯肠般的小路畔，在一块镌刻着谁谁名讳的残碑上，在一湾无人啜饮的清泉之侧……这世界每个不起眼的角落，都愿意无私地容纳一个疲惫或无聊、平静或忧伤的人，并默许他像醒着一样，随意坐下来，懒洋洋斜倚着什么，慢吞吞回忆着什么，就如史蒂文斯笔下的那只坛子，可以容纳一切，亦能空空如也。

有一次，我来到山顶，蛮横的夜风无休止向我扑来，仿佛要为我刮骨疗伤。在这呼呼啦啦的吹拂里，山脚下的几豆灯火也动荡不安，渐次熄灭。偶尔，从未知处传来的三两声狗吠，依稀还是少年时听到的腔调。它们仿佛知道，遥远的山巅，坐着一个几近失语的人。它们试图在用自己的呐喊，喊魂似的，叫我从夜风中起身，赶回凡间，如万万千千的人一样，去悲去喜，去爱去恨。吠犬们短暂而拘束的一生，又怎么会理解，一个满脸夜色的人，哪怕永远侧身在人群之外，在梦里也一直怀揣着一座天堂般风和日丽的人间，或人间般熙熙攘攘的天堂。

呃，梦中，一个个柔软而缥缈的天堂或人间，在沉睡者眼前徐徐展开，宛如一枚巨大而瑰丽的泡沫。而那个被冷风吹拂的自己，则会在不拘一格的梦里世界，时而羸弱如蝼蚁，时而强悍似山匪，时而婴儿一样笑了，时而老僧般念念有词。在一个绝对的世界之外，做梦的人又缔造出太多乱麻般的时空，而作为生物体的"我"之外，又繁衍出另一个甚至无数个被囚禁的我，被种下来等待收割的我。

多年来，我无数次用梦境来远行。我梦过外星人，也梦过清朝。我梦过在沙漠里牧羊，也梦过在湖水中散步。

我做过一场最漫长的梦，是来到一座无名的村庄。在那场梦里，我仿佛活了风尘仆仆的一生，眼睁睁看着自己，从黄发垂髫到步履蹒跚。在那场梦里，我没有上学，但拥有了读书识字的本领；我不必劳作，但享受着无限的美酒佳肴；

我还凭空多出一个女儿，她给我带来爱和温暖……在一棵被风刮弯的老树下，我给一群孩子讲古；在一口落满枯叶的井边，我汲水，洗衣；在一条枯肠般的小路畔，我刚刚种下的花朵就娇艳地怒放着；在一块镌刻着谁谁名讳的残碑上，我看到自己的笔迹……

在这座我突然光临的村庄里，我被安排了一个世上未曾有过的奇异名字——张王李赵刘。这里明明不是我老家的风物气候，甚至还有一些白人、黑人，他们竟也齐刷刷说着我的方言。梦里的村庄，好像没有四季与昼夜，我们上一秒还在冰面上滑行，下一秒就来到绿汪汪的田野。在那个梦里的村落，我是孩子的时候，好像这里只有无数的孩子；而当我老了，身边却没有一个老者……

这一场奇怪的梦纠集起四面八方的人和千秋万代的事。这一场梦，明明只有一小会儿，我却像是体验了无数的轮回。

这场可遇不可求的梦，过去很多年了，我意犹未尽，我渴望再做一次。难啊，世上哪能有一模一样的梦境呢。

我是个写诗的人，我习惯了把一些梦的碎片用诗歌的方式记下来，给自己一乐。几年前，我曾写过一组诗，叫《十二个梦》。现在，不妨摘录前两段，与君同乐。

第一梦

大病未愈的月轮,是夜空唯一的窗口

想从那里逃生的人,又被抓回来。每一缕月光下

都有一个被吊在秋风里毒打的人,默默不语

我混进蟋蟀的队伍,负责为他们,一声声喊疼

第二梦

谁又把接力棒,放在我的手里,让我跑

又将度过一段大汗淋漓的岁月。又将眼睁睁看着

手心的木棒渐渐腐朽,在风中独自长出

狰狞的木耳。却找不到一个接替的人

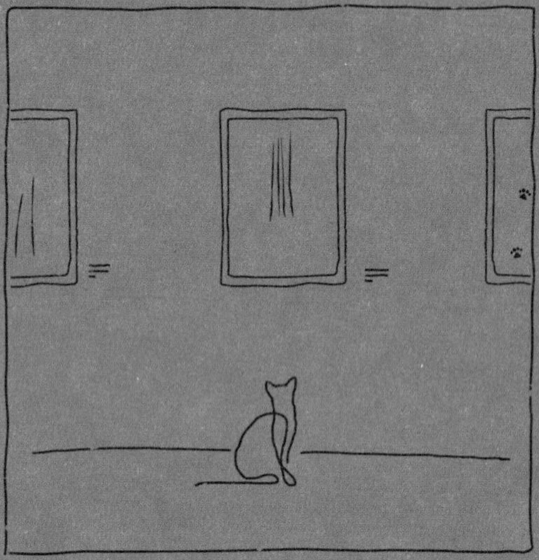

无法忘记的,将来

叶雯，大厂女工，暂居上海。

其实是我爸的梦：我们早年生活的院子里，架子上爬满爷爷为奶奶种植的葡萄藤，我爸坐在葡萄藤底下，看到爷爷从屋里走出来说"我要走了"，便扭头朝大门走去。我爸起身，疑惑地拉住爷爷，问他去哪儿。爷爷没有停下，也不回答我爸的问题，一步三回头地走了。

爸爸已经醉了，双眼迷离地复述这个梦，我不知其意，无法插话。

几年后，我采访过一些北漂家政女工，问她们跟家人经常说哪句话，她们的答案出奇一致：

"我要走了。"

<u>夏梓漫</u>,
"00后",女生,刚大学毕业,
目前在家中准备考研,
母亲在疫情中去世。

    妈妈给我煮面条,吃完以后有点冷,她去房间帮我找衣服。我突然回过神来。

    我对她说:"你是我的幻觉吗?"

    她走过来说:"太想你了,借你的幻觉来陪你。"

    我问她:"可以抱到你吗?"

    她张开手,把我抱在怀里。我能感受到她的存在,哪怕在梦里。

<u>白马</u>，重度抑郁症患者。

　　他走后，我似乎并没有什么情绪。家里人忙着处理后事，我却像个木偶，呆呆的……然后那个梦就来了：一只非常非常大的巨嘴鸟，整个梦里的空间被它占得满满当当。它没有扑扇翅膀、没有飞翔的动态，只是静静地看着我，没有情绪、没有波澜。不知道为什么那么肯定，但我就是叫它："爸爸！爸爸！"

　　它还是盯着我，没有情绪、没有波澜，缓缓探身过来，突然张开嘴，嘴里布满野兽一样尖锐的牙齿。它把喙张得很大很大，比它的身体还要大许多，像是要把整个我都吸进去。

　　接着，是刺耳的、凄厉的、带着情绪的呐喊："啊！！！"

它没有再做什么,就那一声叫,然后转身飞走了,再也没有回头。梦里一惊,然后很清晰地想道:"爸爸,你真的走了啊。"

我终于哭了,或者说,我终于真实一点地哭了。那是他去世之后,我第一次真实地哭出来。从此再没梦见巨嘴鸟,也没有梦到过爸爸。它仿佛只是为了让我哭出声的一个引子,仅此而已。

<u>王学堂</u>，48岁辞去司法局局长职务，转型成为律师。

  2005年夏天，我离开山东老家，到佛山参加法官选调考试，住在阳光假日酒店，晚上梦到了母亲。母亲在匆匆忙忙走路，我在后面喊："娘，娘！"但她只是走路，不理睬我。我的脑子突然清醒，"娘不是已经死了吗？"立即醒来。

2008年5月24日。

2010年3月20日。

2011年5月22日。

2013年3月6日。

2015年2月14日。

2018年10月2日。

2020年7月26日。

2021 年 4 月 24 日。

这是这些年我和母亲在梦中相遇的日子,但随着母亲离世的时间越来越久,梦中相见的时间越来越短。

网友"在租房的阿怪"分享了她妈妈的梦。
她妈妈47岁,山东国企普通员工,
有很多令人印象深刻的梦。

我有个比我大6岁的哥哥,从小我就是他的跟屁虫,他也很疼我,去哪玩都带着我。每天他一大早起床,穿一件白衬衣,蓝色微喇裤子,好像是黑色皮鞋,头发有点乱蓬蓬的。洗脸刷牙,梳理头发,早饭吃过稀饭和煎饼,骑着他那辆黑色的26寸的自行车去上班。

我说,哥,你路上慢点骑,看着路上的汽车。

晚上他回到家,叫我帮他盛稀饭,拿煎饼。吃的是炖白菜。哥边吃饭边问我,在服装厂上班累不累,有没有人欺负我。说等他发工资了,就给我买那辆我一直想要的红色自行车……感觉有哥疼着真好。

晚饭后我去哥的房间找他。房门虚掩,屋里亮着灯,东南角一张床，靠窗是桌子，桌子上放着我哥喜欢看的书，门后边是刀、剑、双节棍、七节鞭。我哥躺在床上睡着了。我就喊他：哥，你怎么睡这么早？哥，你醒醒啊。哥，你怎么了……

　　突然就醒了。醒后好长时间不能入睡。哥哥去世的时候才 25 岁呀。

有位网友花了582秒回答我的问卷,
是我收到的71份问卷中用时最长的一位。
她今年40多岁,是江苏一家<u>企业的管理者</u>。

梦见姥姥,拉着我的手,也不说话,另一只手使劲地跟我再见。醒来在凌晨4点半,发现自己止不住流泪。不知道什么原因。

一直没再睡着。5点半左右,我妈打来电话,说姥姥去世了。我控制不住地放声大哭。

再也没有姥姥了,也似乎明白了刚才那个梦,是姥姥来我的梦里跟我道别呢。

从那时候起,我相信人是有灵魂的。

陈杨，大学生。

梦到有人摔断了腿，紧接着的是他的葬礼。一个和我有关系，但不算特别亲近的人。我的小舅舅，一个"做泥水的"。我好像只和别人说过我有一个做中学校长的大舅舅，可其实每次看到工地上、做装修的叔叔阿姨，我会忍不住想停下来多看几眼。因为想起了小舅舅，因为他也是做泥水的。

梦到我家发生了一场大火，我很害怕。小学同学很多都搬了新家，10多年来，我们还在原地。我的家是那种老式单位分的房，住顶楼，多带一层自盖的阁楼，砖瓦旧旧的，下雨天漏过水，是小舅舅给我们换了整个屋顶的瓦片。

世界上我最愿意相信的两件事

王占黑

写小说的,目前生活在上海,喜欢走路、中华草狗和大晴天。

我常常在梦里见到老王。这个"常",我讲不出大致的频率,譬如一位上班族每天乘同一趟地铁,走同一条地下通道,免不了会从人群中识出几张眼熟的生面孔,有时真巧,总碰到,有时隔了好久也碰不到。梦就是这样一条路,或者说,是一个热闹的通关口岸,活人和死人挤来挤去,都在搏一次碰面的运气。

我曾在一个叫《小花旦》的小说里偷偷加塞了一个歪理。我是让小花旦说出口的，他说，"姆妈讲过，上半夜梦谁，是你想对方了。后半夜梦谁，就是对方想你了，特为来看你的"。先离开的人就是会凭各式各样的本领回来，而我们也会万分机智地抓住这些重逢的机会。

我和老王在很多日常场景下碰面，做着过去做过无数次的最普通的小事。老王当保安，下了夜班，跑进门喊，懒虫，一只冰冷的手指伸到被子里来。他进厨房杀鱼，洗鱼泡泡，起油锅。他去楼下晒太阳，脚边躺着别人家的狗。他躺在床上看电视剧，电视机斜放在五斗橱上，他的目光也是斜的，我们偶尔会说上几句。

最盼望的梦境是我们手拉手在小区门前的桥上散步，身边走着小区的诸位邻居，还有他们的小孩和小狗。这是我回到过去的起点，也是写作的起点。不知道是不是这个小区的厄运，这些年来，他们中的很多人相继死了，岁数不大。也有人说，因为这里曾是一座坟场。但在梦里，大家都活得好好的。梦真是一种福报，时隔多年重新感受到同一片手掌的温度和软度，醒来后总是太舍不得而掉眼泪。

我会给老王发一条微信，涛涛，我又梦到你啦。不知不觉，我们的对话框里全都是我的这句话，打这句话的时候，具体的情节早已像雾一样，快速从头脑中散开了。但这足够成为一个心满意足的结果，我必须把这个结果告诉他，因为这是我们共同努力得来的。有时我会翻找某一年同一日期的聊天记录，看看那一天我们都聊了什么。总是些无着落的话，总是发语音，一条一条，长长短短。可惜人只要醒着，过去就只是过去，无法成为梦的注脚。

也曾梦见一些从未有过的场景，譬如死亡。我在上课，亲戚跑来敲门；我在去医院的路上，接到护士的电话；我在家，老王躺在床上……很多很多，各种不一样的死法。明明经历过告别，在梦里却每次都像是第一次经历那样，哭到呼吸不过来，活活憋醒。然而，唯一一次真实的记忆并没有梦里那么可怕，无非是天蒙蒙亮，起床，去医院，准备后事。一个平静的瞬间，掀起此后大大小小的险浪。

到现在还是会在心里埋怨妈妈，实际上是埋怨自己，最后一晚没有留守病房。她拉我回家，说接下来会很辛苦，不能倒下，我竟乖乖地跟着回去了。妈妈有她的理由，操办后事是一场社会硬仗，必须保存体力。可我为什么不能倔强一点，坚持留下来？或许就能陪他走完最后一段路。这份悔憾具结成一顿隐形的惩罚，那就是，它从没有在梦里被复刻或重新演绎过。

  我相信梦，相信月亮，这是我在世界上最愿意相信的两样东西。老王总爱唱这样一句，月亮走，我也走，我跟月亮……后面的歌词他记不住，我也不得而知。但我知道，他和月亮的关系，就像他和我一样紧密。那上面住着所有已经离开的人，他们跟着我们，无论我们走到世界哪个地方。做梦也一样，他们在等我们，找我们，见我们，我们也是。只要这两样东西还在，就没有任何外物可以把我们分开。

五颜六色的光

○卫毅

媒体人,写作者。年幼时在家乡小镇图书馆看到一张"限12岁以上人士入内"的告示,他站在门口,期待有一天能进入其中。图书馆以前是庙,现在又成了庙,可见命运以喻体的形式存在于时空之中。梁漱溟说自己最关心的是中国问题和人生问题,又说:"人生问题较之当前中国问题远为广泛、根本、深彻。这样便不为现实问题之所囿。"他深以为然。

阿爸给我讲过,他做过一个梦。他梦见打仗,为了掩护我和阿妈,他牺牲了。这半年里,我时常想起他讲的这个梦。

梦会被认为是平行世界的生活。阿爸的离去,也许只是发生在平行世界中的一个梦。我试图用这样的假想来缓解对阿爸的思念。我们并不仅仅生活在一个世界中。一个世界一个梦，太残酷。

阿爸去世后的几个月里，我没有梦见他。这让我感到难过。十几年前，我在纽约拜访夏志清先生时，他说他从未梦见自己的哥哥夏济安。他和哥哥关系很好，哥哥去世几十年了，但就是没有梦见过，不知道为什么。有人说，逝去的亲人对你感到放心，才不会被梦见。

真是如此？阿爸对我不放心的事情太多。比如，每次出差前，阿爸都会对我讲，关水关电了吗？钥匙带了吗？身份证带了吗？问得多了，我会不耐烦。现在，我无比渴望听到他的提醒。

最近一次出差，是在浙西南的山村。晚上，同事们在民宿的房间里喝着茶，看视频平台刚上线的电影《破·地狱》。此前，我已经在电影院里看过。

大家讨论着演员的演技，我也跟着说上几句，但我觉得自己快要撑不下去。电影中的父亲在中风之后，坚持自己一个人洗澡，不要女儿帮忙，摔倒在洗澡间地上。我在电影院看到这一幕时，泪如雨下。

阿爸在肺癌晚期，脑转移瘤压迫运动神经，行动不便。到了晚上，他为了不影响我和我妈休息，会悄悄地一个人扶着墙，拖着几乎难以动弹的右手和右脚，一步步地去上洗手间。有一次，他摔倒在洗手间地上，无法起身。听到阿爸轻微的叫唤，我跑过去将衣衫不整的他扶起来。那时候，我的右臂拉伤，使不上劲。而阿爸坚持说，自己一个人可以起来。

因为照顾阿爸，阿妈的心脏变得不好。我们商量，将阿爸送到养老院。不是不管他，而是可以让更多的人帮助他。每天，阿妈和我都要去养老院两三次。一天大半夜，阿爸为了找手机，从养老院的床上摔下来，动弹不了，在地板上躺到早晨才被护工大姐发现。护工大姐吓坏了，哭了起来，觉得是自己的失职。阿爸说，这不关她的事，让她不要记在心上。

阿爸说他躺在地上的时候，看到了五颜六色的光，还看到很多人围在身旁。他想，自己是不是死了？他说，如果这就是死，那么还蛮好的，不是很难受。这是濒死体验？是幻觉？脑海中那些恍惚的难以被定义的场景，是不是都可以称作——梦？

有些回忆在过了多年之后，难以分清现实和非现实的边界。小时候的一个夏天，我还不会游泳，从江边码头掉到水中。在我的记忆里，自己好像漂浮在晚霞漫天的水上，越漂越远，岸边有好多人。阿爸跳下水，将呛水的我抱上岸来。在阿爸的记忆里，那是阳光刺眼的下午。多年以后，阿爸在养老院的床上向我讲述他掉下床后的感受时，我想起了那个下午。

浙西南的差旅途中，我回到了自己的房间。大概是太累，我躺在床上，穿着外衣就睡着了。

我看到阿爸在窗边喝水。我问阿妈，阿爸好了？阿妈说，是。我太高兴了，但忽然意识到……这是不是……梦？我看到头顶的天花板慢慢地出现……我使劲地想拽住什么，让天花板收回去……但无论如何用力，天花板还在越变越宽，越变越宽……

我躺在民宿的床上，眼角淌着泪。窗外的山林间，晨雾正逐渐弥散开来。我告诉自己，此刻是梦境，而刚才一家人在一起的时光，才是现实。

情之所系 ○ 张乐天

复旦大学社会学二级教授。复旦大学当代中国社会生活中心主任。当代中国社会生活资料共建共享国际联盟发起人。代表作《告别理想——人民公社制度研究》荣获陆学艺社会学发展基金第一届优秀作品奖。《新马路12号——从义乌走向世界》被评为2024年上海好书。

1988年6月初的一天下午，我带着刚刚草拟的浙江联民村研究提纲，去拜访复旦大学社会学系主任田汝康先生。这次拜访对我至关重要，因为我学哲学出身，想转向当代中国农村研究，渴望得到他的支持却没有把握。我忐忑不安地敲开了武康路田先生的家门。

在一间铺着老式条形木质地板的宽敞客厅里，田先生听了我的介绍，读了我的研究提纲，很快给出肯定的意见。他告诉我："生活在家乡与在家乡做研究是不一样的，做好研究，还得回家乡做田野调查。"临别时他还说，会把我的研究介绍给美国康奈尔大学的教授们，获得美国社会学家的支持。

我高兴极了，最终下决心回家乡做农村研究。

自从1978年高考离开家乡走进复旦大学以后，家乡从来没有如此栩栩如生地浮现。屋前的大枣树、连片的桑园、钱塘江堤岸芦苇，都似乎触手可及。

我妈似乎就站在我面前，催我回家。那是天井后面三间房，一间门窗西式，两间中式。东边中式房门慢慢打开，妈妈走出来，透过天井里的橘子树，看看天。突然一只花猫跳过，打碎了什么东西。

场景变了。妈妈躺在床上，痛苦的、灰白的脸，竭力吐出一个个字，佛、保佑……

我心头一颤，醒了。

她不是我的亲妈妈。父亲年幼时失去双亲，最初由大哥大嫂抚养。不久，大哥因肺结核去世，没留下子嗣，大嫂一个人养育父亲。当时，村里人就告诉父亲，今后第一个孩子应该"给"年轻守寡的大嫂。

我就是那"第一个孩子"。

她就是我的亲妈妈。我从小与她为伴,直到10岁离开。20岁回乡务农,又长年与她相依为命。整整20年,妈妈给了我无微不至的照顾。

1969年年初回乡务农的我,是一个"激情燃烧"的知识青年,妈妈却是坚持念佛的"佛头"。妈妈做"迷信活动",我怎么办?我问天天不应,问地地不答,纠结再三,选了一条折中路线。我不阻止妈妈,但自己决不参与,不拜,躲开。

妈妈体谅我,默默地、竭尽全力地为我敬神,给我祈福。她挤出点滴时间为我念佛,念完,用红纸包好,写上"八佛一堂,张乐天敬献""生肖佛一堂,张乐天敬献"。

我无言,感动。我接受。

1987年6月,妈妈的生命走到尽头,她紧紧拉着我的手,断断续续告诉我,她为我向菩萨祈求的福报超过了别人几辈子,菩萨会保佑的……

我心酸。妈妈给我太多,我刚刚有能力回报的时候,她就走了。

妈妈的托梦令我顿悟。我曾注定要做一辈子农民，有幸跨进大学校门，读了整整 7 年哲学。我可能也应该用所学报答妈妈，报答养育我的父老乡亲。我要把家乡的故事献给世界，留给历史。

这成了我执着于农村研究的强大力量。无论周围的人如何说我、评我，无论遇到什么样的困难、挫折，我都坚如磐石，我行我素。

2005 年，上海人民出版社出版我的《告别理想——人民公社制度研究》，书中特别选用了母亲的一张单人照、一张我与妻子陪伴母亲的合影，以及 4 张记录母亲葬礼场景的照片，以此寄托我对她的深切怀念。

梦之所托

二湘

> 每次介绍自己是湖南人,总有人面露惊讶:你没有一点湖南口音呢。其实小时候在大连住过几年,在外面是东北腔的普通话,在家是塑料腔的普通话,这段经历对我影响极深。我对文字的感觉不错,英语成绩也挺好。直至从一个软件工程师转行写小说,发表了 30 多篇小说,出版了两部长篇小说和一个小说集。

有些人,只能在梦里相见了。我的北大室友海云便是如此。

我是在海云去世的第 14 天的凌晨梦见她的。

梦里,我组织了一场文艺汇演。演出结束,大家转场去另一个房间参加招待会。一路闲聊。水榭楼阁间,我在北大读书时的室友海云穿着淡粉色的裙子,飘然而至,大家都高兴不已。我的几个同学都前去问候海云。海云只是微笑，并不言语。及至到了另一间房子，同学小颖谈及一老同学工作极忙，还没结婚，有谁认识合适的女孩？我说我认识一个叫Eva的。阿霞当时坐我右侧，问我谁是Eva。我答曰，是我在奥斯汀认识的一个女孩。小路坐我左侧，我对她说Eva是我见过的最漂亮的女孩，优雅娴静，皮肤极好。其间几位男宾告辞，说要写感谢信（thanks note）给我，谢谢我组织这个演出。我暗自寻思，举手之劳，何足言谢。然后海云也要告辞，她走到半山腰，回过头，轻轻地微笑，轻轻地挥手，然后清晰地说出"再见"，我们都站在那，阿庄站在我身边，目送她转入林间的小路。

醒过来，看看表，是5:30。海云是我做那个梦十四天前的凌晨4:30走的，是车祸。算一算，我做那个梦的时间正好是二七。海云的追悼会是在我做了那个梦当天几个小时后开始的。她真是客气，要给我们老同学说个再见，才上路。不可思议的是，海云追悼会上的照片，穿的就是粉色的衣服。

我听说这是托梦。

海云去世当天，也托了梦给我的另一个同学小路。正是凌晨4：30那个时间，小路梦见她，小路问她没事吧，海云说没事，她挺好的。还出去买冰棍吃，找朋友玩，就是怎么都找不到朋友。小路问海云要找谁呀，海云说，找一个叫纪亚夫的人。

那个梦如此清晰，我醒来后便用笔记录了下来。所以，15年后的今天，我还可以说起那个梦的细节。

我现在好像不太做梦了，生命中很多的梦根本没有踪迹，也无从寻觅，有些梦稍纵即逝，醒来时记得，过不了一日，就都忘了，还有些梦，记得那样清清楚楚，这中间的道理真是说不清楚，可是，梦怎么可以说得清楚呢？就像我们的人生，大约也是一场梦吧。

再见，陆医生

陆静

上海土著，过气翻译，退休文案，心理学徒。

难得不用早起，我正在呼呼大睡，陆医生买完菜回家，顺便给我带了早餐。本着早餐必须趁热的千秋铁律，他和往常一样站在房门口让我起来吃早饭，"陆静，给你买了蛋饼，快点起来吃！"而我带着一贯被打扰后的不耐烦回答："知道了！知道了！让我再睡一会儿！"对话结束，翻身继续睡大头觉。

再醒来，大概又过了一小时，心想大事不妙，蛋饼没有趁热吃，陆医生要骂人了。

我用最快速度从床上蹿起来，去客厅找我的蛋饼，企图在被发现前销毁证据，奇怪的是桌子上什么都没有，抬头看了眼厨房想问问我的蛋饼去哪儿了，厨房里也没有陆医生熟悉的背影……再睁眼，周六的上午、乱糟糟的房间、母上大人外出未归，家里只有我一人，客厅桌子上当然没有蛋饼，没开灯的厨房里，也没有人在准备我喜欢的昂刺鱼豆腐汤……

作为一个入睡困难又不得不早起的人，对于做梦主观上恐惧大于喜欢，只不过做梦这件事跟生物钟一样，控制不了一点。所以陆医生是从什么时候开始出现的呢？记不太清了。大概是在他离开的几个月后，在我一度以为自己不会梦到他的时候吧。

原来他不是我想象中的无所不能，也会老，也会生病，会被病痛折磨到形销骨立、卧床不起。无论多坚强、多乐观都会在日复一日的痛苦中变得消沉、萎靡，最终走向绝望。原来有一天，我们不得不跟生命里最重要的人说再见，即便每个人自生命开始时就走在这条以死亡为终点的单行道上，可当至亲之人抵达终点时，说出那句再见，真的好难。他喊我吃早餐的声音明明还在耳畔回响，他在厨房忙碌的身影明明还在眼前啊。怎么就成了依稀的梦里人？

作为一个半吊子心理工作者，我一直认为梦就是内心愿望的达成，而有陆医生出现的那些梦里，没有太多神奇反转或者时空切换，几乎都是过往生活的琐碎片段。他下班回家，我到门口跟他打招呼："陆医生好呀！"顺便看看他有没有给我带好吃的；又或是，他坐在客厅等晚归的我，在我进门时责怪一句："怎么这么晚？收拾好早点睡觉！"

这倒让释梦变得简单很多，不必按照固化、联想加整合的套路，抽丝剥茧般寻找内心的那个愿望。我只是单纯还没准备好，跟我最爱的陆医生说出那句再见；我只是单纯希望他永远不会老，不会生病，不会离开；我只是单纯想要变回那个有爸爸的小女孩。

用多久才能跟他说出心底的那句再见？我没有答案，只是偶尔能再见到陆医生，让我变得没有那么排斥做梦这件事，至少梦里我还有爸爸。

我最爱的爸爸，世界上最厉害的新生儿科医生：陆国强。

就像穿堂风 ○ 周麗

华西村村委会副主任，华西产业集团党委副书记。吴仁宝老书记的孙媳妇和翻译。在吴仁宝生命中的最后七年，周麗把他的话翻译成普通话，有时是英语。吴仁宝说一句，周麗翻一句，这种"双簧"一样的报告形式，曾是华西村最受欢迎的节目。

原想等个值得一写的新梦，事实却是自从给高中生儿子陪读以来，总不够睡，梦也稀薄，几乎没有囫囵的。最近一次关于梦说道了两句，还是他刚从波士顿辗转二三十个小时回到家就要无缝衔接期中考试的那个早上。16岁，第一次单独出了这么个大远门，恰在中美"关税大战"最疯狂的一周。老母亲我总之是有点没话找话，但话一出口就后悔。

"我今天好像梦到你爷爷了，他在老家厨房里做着饭，但梦里没说上话……"

小伙子当即停了向来狼吞虎咽风卷残云的大动静，突然沉默。

"你让我想爷爷了，"他说，"但奇怪的是，我一想起来，清清楚楚的，却是老家的光影，独特的气味，还有一阵阵的穿堂风。"

"还有，穿堂风？"

"是的，真的，清清楚楚。"

他4岁那年的重阳节午后，我牵着他，去老家看望他爷爷的妈妈。他学着护士的样子，用听诊器煞有其事地给卧床已久的太奶奶做了"全面检查"，十分笃定地让我放心："老太太一切正常。"不放心的其实是他这个小屁孩，之前在路上就已攥紧了我的手郑重商量："老太太要是也去世了，爷爷就是孤儿了。虽然他是个大人了……但是我们千万不要把爷爷送到孤儿院去啊。"

那个时候，他爷爷的爸爸——老太公，去世刚半年。

那个时候，我们都不知道，他爷爷的妈妈——老太太，还会这样坚持"一切正常"再躺两年。而他爷爷到底没有沦为孤儿。

因为他爷爷还早走两个月。

就在重阳节的前几天，他还因为幼儿园的画画作业"老师看不懂"又没及格，在晚饭桌上委屈巴巴。我看见纸上横陈着几条波浪线，有个外边框。我不想看不懂。

"我画的是生命。"他说。

"嗯，大海是生命的摇篮？"

他挂着泪珠摇头。

"那我知道了！一定是画的DNA的螺旋了！"

"不是。"

直到不再哽咽，他才失望地揭开居然连妈妈都猜不出的谜底："就是连着老太公（太爷爷）手指头的，床头的那个机器啊。曲线是生命，直线是生命没有了。"

老太公走在他只有4岁的春天。2013年倒春寒的3月，华西村失去了老书记吴仁宝，似乎也同时失去了他一身所兼的无数重的意义。而4岁的他一点不懂这些，只是纯粹不舍：一个"生命没有了"，那是我的老太公。我想小朋友许是也想画一个梦，在梦里他曾执着地尝试把手伸进监护仪，给每一根意欲平静的生命线捣个乱，使劲地。

爷爷走在他6岁的夏天。他后来说："那是拼音补习班的最后一天课程了，窗口看到外公和司机提前来接我的一秒钟，我就知道我没有爷爷了。"创办过钢铁企业工业强村的爷爷，买了长枪短炮给孙子拍照；做了钢材外贸的爷爷，一出差就狂买巧克力；转到中国农村最大的酒店当总经理的爷爷，却热衷回家秀厨艺……爷爷很逗，逗得孙子都只想跟他拉勾勾：放心，我不会送你去孤儿院。若是早知道重阳节许的愿会灵验，那个虔诚为太奶奶做检查的小朋友，也许会无数次梦回那午后小院，默默篡改心里的愿望：如果爷爷要成为孤儿，那就让他做个长命百岁的快乐的老孤儿吧。

"期中考试还是美术最拉垮哦，妈妈。我尽力了，我知道分数不会高，好歹及格了呀！但是我自认为这是我画得最认真最有进步的一次呢。"

孩子出生后，我没坐完一个囫囵的月子，就继续工作在他那隔三岔五凌晨两三点就要开早会的老太公身边，说很多他说过的话，走很多他走着的路，做很多他想做的事，也在很多他正在的场。倏忽之间到了孩子该上小学的年纪，我还没陪他认过字，当然也没教他控过笔。

"所以没关系，不害怕画画就很好。"

"我直到现在四十大几，才开始做一个下班后会买菜做饭的妈妈。不就是做得不好吃嘛，也不怕。"

四代同堂，可能有点像老家那一进又一进的深深庭院。我的孩子曾经也是被围护在庭院最深处的一棵小苗。孩子貌似生来胆小，在觉得无依无助时自然常会抱有幻想：要是太爷爷、爷爷还在，要是爸爸病好了，他们都是能给我层层挡风的高墙多好呀，我就不怕了。孩子也该生来胆大，听得见"堂堂溪水出前村"的喧哗，便又会心生憧憬：要是我也能奔出万山拦挡多好呀，我不要怕了。否则他也不敢独立飞赴万里之外的哈佛参赛，跟母亲大人机场告别，只像好兄弟一样击个拳就潇洒转身了。

他的太爷爷被称为农民哲学家，但是应该不读尼采，也不说人生剧本不是谁谁谁的前传、续集、外篇，他只说"我们华西人既不埋怨上一代，也不光靠下一代，我们要相信下

一代，但主要责任在我们这一代"。亲情的长河里，采采流水，蓬蓬远春。那些爱与被爱的原因，既不是一二三四进的院墙，也不是一二三四代的编号吧。宝贵的"生命"，各有各的名字，各有各的风雨阳光、坡坎楼台，各有各树成其为树、城成其为城的使命。

所以没关系。就允许一切像穿堂风吧，重门洞开，林峦岔入。就让风继续吹，庭中小树也将亭亭如盖。宛在旷野。